CORINNE

JAQUET

Le Pendu de la Treille

Le Pendu de la Treille, première publication 1997

Première réédition pour le Québec
et l'Amérique du nord en octobre 2016
sur les presses de Marquis Imprimeur (Montmagny, Québec)

Réimpression pour la Suisse et la France en janvier 2017
sur les presses de l'imprimerie Villière (F- 74160 Beaumont)

Informations et contact :
www.corinnejaquet.ch

ISBN 978-2-9701139-0-4 pour la version imprimée

Cet ouvrage existe en format numérique :
ISBN 978-2-9701139-1-1 pour la version .epub
ISBN 978-2-9701139-2-8 pour la version .mobi

CORINNE

JAQUET

Le Pendu de la Treille

LA COLLECTION DU CHIEN JAUNE

PREMIÈRE PARTIE

1

La Gazette, *article de Une pour l'édition du 16 novembre 1989*

VICTOIRE TOTALE DE L'ALLIANCE GENEVOISE

Les 7 Conseillers d'État étaient sur la même liste!

(J.D.) – Les parieurs ont perdu. Personne n'aurait pensé, il y a deux jours encore, à un tel succès pour l'alliance de droite. Tout le monde, ou presque, misait sur un gouvernement identique au précédent, formé de trois membres de la gauche et de quatre représentants de la droite. Et voilà que l'Alliance genevoise, regroupée sous l'appellation Genève: debout! *vient de tout rafler!*

C'est une révolution, un coup de tonnerre dans le ciel politique genevois. On osera sans doute dire qu'on en avait besoin. Hier soir, ce fut la fête un peu partout en ville.

La Gazette *avait proposé à chaque candidat de rejoindre le Landolt dès qu'il se savait élu. Et voilà l'Alliance genevoise au complet pour la photo de famille! Sur notre photo RM, on voit la joie qui émanait du groupe, qui a célébré sa victoire jusque fort tard dans la nuit. Certains d'entre eux ont poursuivi la fête en privé. Ce fut sans doute le cas de Georges Bertin, le* «petit dernier» *de la liste qui, selon les principaux pronostiqueurs, n'avait aucune chance. «L'élu de ces dames» – comme l'avait joyeusement surnommé notre confrère* Le Léman *en faisant référence à son programme politique – s'est éclipsé avant minuit. Peut-être avait-il peur, comme Cendrillon, de perdre sa couronne au moment des douze coups?*

Éditorial, résultats et commentaires en pages 2-3-25-26-27-28

2

Il était parvenu à sortir de la brasserie sans qu'on le voie. À l'entrée du parc des Bastions, de l'autre côté de la rue, Georges Bertin s'arrêta. Il baissa les paupières et inspira fortement. En ouvrant les yeux, il sourit, glissa les mains dans ses poches et, d'un pas lent, entreprit de contourner le bâtiment de l'Université qui se trouve au cœur du jardin. Avec une envie de se pincer pour être sûr d'être toujours là.

Georges Bertin avait un physique agréable. Grand, le cheveu blond et l'œil bleu, sa carrure de rugbyman avait toujours fait le délice des nombreuses compagnes qui avaient traversé son existence. Il était toujours vêtu avec une certaine recherche et devait cela au tailleur de Saint-Gervais chez qui il achetait tous ses habits depuis bientôt vingt ans. Certes, avec le temps, sa stature s'était quelque peu affaissée. Mais Bertin tenait à son image. Il avait récemment engagé un professeur de gymnastique qui donnait des cours particuliers à domicile. Cela évitait à Bertin la promiscuité qu'il fuyait dans les clubs de sport. Trois fois par semaine, Philippe se déplaçait pour le faire souffrir. Le résultat était payant. Bertin voyait disparaître lentement le ventre qui pointait sous ses chemises. Il appelait cela « un simple respect de soi-même », n'osant avouer qu'il avait bêtement très peur de vieillir...

La masse sombre de l'Université se dressait parmi les arbres, lourde, presque menaçante, comme pour lui rappeler que ses études dans ces murs avaient constitué une des étapes de sa vie qu'il devait au destin. L'accès à l'Alma mater n'était pas facile, en ce temps-là, pour les fils de petits. On le payait cher. C'est ici que Bertin avait appris à jouer des coudes et des neurones. Dans ce parc, un soir d'hiver comme celui-ci, il y avait presque trente ans, il s'était juré de devenir un grand.

Aujourd'hui, l'Université avait envahi progressivement plusieurs bâtiments alentour. Mais les Bastions avaient gardé leur aspect majestueux.

Les larges avenues goudronnées du parc donnaient ce soir l'impression de s'ouvrir à lui. « Monsieur le Conseiller d'État »... « Monsieur le Président », disait-il dans l'ombre, savourant les mots comme des *Sugus**. À présent, tout le monde n'allait plus lui parler qu'en ces termes.

«Adieu, petit Georges. Tu as bien travaillé», ironisait-il en donnant un coup de pied dans un caillou…

Il allait tout naturellement vers la Vieille-Ville, comme on retourne les soirs de gloire sur les lieux de ses débuts pour prendre une bouffée de mélancolie. En plus, le siège de son nouveau pouvoir se trouvait à deux pas de la maison de son enfance. La vie est une boucle. Plus lisse et ronde pour certains que pour d'autres. Bertin avait toujours cru à sa chance. Comme si, partant de moins que rien, il n'avait pu que grimper.

---

* Bonbon suisse

3

En 1941, une fille-mère, ça faisait moche. Gisèle espéra longtemps le retour de son amant français. Elle dut finalement se résoudre à confesser devant ses parents son « égarement ». Ce dernier finit par peser près de 4 kilos et naquit à la Maternité, dans un service de 3e classe. Là, les mamans se reposaient bien car les visites étaient rares. Elles repartaient généralement vite avec leur bâtard. Discrétion absolue. Le monde connaissait bien assez de problèmes, ceux de Gisèle Bertin se fondaient dans l'indifférence générale.

Une gamine eût peut-être trouvé un galant homme prêt à « effacer sa honte » et à lui rendre sa dignité. Mais Gisèle avait déjà trente-sept ans. Le Français resterait un soldat vraiment inconnu. Mort ou lâche, elle ne le sut jamais. En tout cas, il ne réapparut pas.

Tant pis ! Il y avait Georges, et Gisèle ne regrettait rien. La couturière de Plainpalais se remit au travail. Elle devint « petite main » chez un spécialiste de la Haute Couture. Une voisine lui gardait Georges. En échange, Gisèle s'occupait de son linge.

Au bout de deux ans, elle fit la connaissance d'une cliente qui la prit en pitié. Cette femme était l'épouse d'un très haut fonctionnaire dans la diplomatie helvétique, et sa famille possédait un hôtel particulier dans la Vieille-Ville, à la rue des Granges.

Depuis la nuit des temps, les seigneurs avaient possédé de nombreuses granges qui s'égrenaient sur le versant abrupt de la colline descendant jusqu'à l'actuelle place Neuve. Le snobisme affirmé de l'endroit remontait au XVIIIe siècle, lorsque les patriciens fidèles à l'Ancien Régime français avaient les yeux rivés sur Versailles à l'heure de la Révolution. Ils firent bâtir des résidences majestueuses, en s'inspirant de l'architecture du pays voisin.

À l'image de certaines maisons parisiennes de la Rive Gauche, ces demeures aristocratiques possédaient toutes une cour intérieure fermée, dont le quatrième côté était percé d'une porte cochère au style variable selon l'artisan genevois chargé de ses finitions. Ces cours repliées sur elles-mêmes symbolisaient à merveille la Genève calviniste et pudique. Elles favorisaient l'esprit de résistance et prédisposaient à la vie intérieure. L'aspect seigneurial des immeubles ressortait beaucoup plus sur les façades sud-ouest surplombant la place Neuve, les façades « les mieux situées d'Europe » comme l'avait dit Stendhal.

Le bâtard du quartier populaire de la rue Dancet se retrouva donc à vivre au sein des seins de la bourgeoisie genevoise. Quelques années plus tard, Gisèle obtint de ses patrons la jouissance à vie d'un de leurs appartements. Celui-ci était situé sous les toits, sur l'autre versant de la rue, côté « impair » comme on disait le nez légèrement retroussé : le côté des écuries… ——

Bertin, aujourd'hui célèbre, vivait toujours à la même adresse. Cela faisait partie de son défi.

4

À cette heure tardive, seuls quelques ronflements d'ordinateurs et le cliquetis des bélinos crachant régulièrement des photos animaient la salle de rédaction.

Les spécialistes de politique avaient travaillé fort tard. Alix, elle, aurait pu partir depuis longtemps. Elle gérait les faits divers et n'avait rien de particulier dans l'édition qui était sous presse.

Le journaliste de permanence regardait les écrans de TV accrochés sous le plafond, écouteurs sur les oreilles, et pieds sur le bureau.

Debout dans l'atelier de montage, Alix relisait la Une. Le texte relatant la fiesta des élus au Landolt ne reflétait pas assez, à son goût, l'excitation qui avait marqué toute cette journée. La grand-messe des politicards avait mis la rédaction en émoi depuis des semaines.

La Gazette de la rue des Savoises se voulait «proche des Genevois». Pour y parvenir, elle disséquait le moindre sursaut de la République. Les chefs de rubrique avaient tous une appartenance politique qu'ils cachaient tant bien que mal. Au moment des élections, leurs différends prenaient toujours des couleurs qu'Alix goûtait avec beaucoup d'amusement. Elle avait souvent constaté que le sport et la politique avaient le même effet sur les hommes, leur faisant perdre toute mesure.

Alix Désirée Beauchamps était entrée au journal comme stagiaire il y avait dix ans tout juste. On lui avait souvent dit qu'il fallait bouger pour «se faire les griffes». Alix avait préféré rester à *La Gazette*. À coups de déboires sentimentaux, à force de solitude, elle s'était fait une famille de ce groupe d'individus parfois caractériels, souvent hypersensibles qu'étaient les membres de la rédaction. Elle aimait l'atmosphère de ce bocal où l'on a régulièrement l'impression de se trouver au cœur de l'histoire. Peut-être ce qu'on appelle l'odeur de l'encre… Sa famille était là.

Ce soir-là, après avoir rédigé quelques papiers de réserve, elle avait traîné dans les couloirs, discuté avec Jacqueline, la téléphoniste-réceptionniste, refait le monde avec Lulu, au labo photo.

— Alix, tu dors ici ?

C'était Fred, le prote de l'imprimerie, le chef de l'équipe technique. Un homme apparemment froid, à qui le travail de nuit avait appris à décrypter les petits malaises de son entourage. La vie nocturne déconnecte les êtres. Ils sont plus à vif. Las d'essayer de tricher, ils s'autorisent plus de faiblesses.

Fred ne s'était jamais permis aucune tendresse. Origine germanique oblige ! Il avait vu la petite moue d'Alix sous les grosses boucles de ses cheveux roux.

Celle-ci répondit à la taquinerie de son collègue par un petit rire forcé.

— T'as raison, je vais rentrer.

Elle posa la main sur l'épaule de Fred en guise d'adieu et sortit.

5

Au fond du Parc des Bastions se dresse le Monument de la Réformation, devant lequel on passe pour rejoindre la Vieille-Ville. La rampe d'accès à la rue de la Croix-Rouge est un peu raide. Bertin la gravit à pas lents. Les images du passé continuaient à affluer. Ne dit-on pas que c'est toujours comme ça avant de mourir?

Il devait avoir quatorze ans lorsqu'il avait dégringolé cette pente dans une caisse à savon. Avec Jean-René et Paul, ses copains d'alors, ils avaient équipé l'engin de petits amortisseurs en gomme leur permettant de moins sentir le relief des pavés. Ils n'avaient pas prévu qu'en réduisant les secousses, ils augmentaient la vitesse.

L'engin furieux avait dévalé la pente en un temps record. Malgré les cris des garçons et ceux de quelques badauds, le bolide avait fini sa course dans le bassin avec deux des gamins, le troisième ayant été éjecté. Même les statues monumentales de Calvin et de ses pairs, qui n'étaient pas des comiques, en avaient presque ri. Ce crime de lèse-majesté avait égayé le parc pour un moment et le quartier se délecta de l'aventure pendant quelques jours.

Georges Bertin riait à ce souvenir en attaquant la montée suivante, celle qui menait à la Treille, au-dessus des remparts, celle qui aboutissait à la Vieille-Ville.

À partir de 1955, sa mère l'avait autorisé à sortir fréquemment. La ville d'alors ressemblait plus à un faubourg juché sur la colline et prenait des airs de Saint-Germain-des-Prés. Dans «Le Village», comme on surnommait alors le quartier, on fréquentait des caves à jazz dépourvues d'enseigne auxquelles n'accédaient que les initiés. Le coin fourmillait de marchands affairés dès l'aube, boulangers, bouchers, épiciers; la Vieille-Ville aurait pu vivre en autarcie. On s'y croyait d'ailleurs comme en dehors de Genève, comme hors du temps. Les jeunes «existaient» en lisant Sartre, en déclamant Boris Vian et en chantant Brassens.

Dans les bistrots, les habitués avaient leur carnet qu'ils réglaient en fin de semaine quand ils touchaient la paye.

Georges et ses amis vivaient en pleine exaltation. Installé à la rue des Granges avec une mère qui travaillait beaucoup, il dévorait la vie en toute liberté de nuit comme de jour. En passant par les toits, il rejoignait des équipes qui récitaient des textes ou chantaient jusqu'à l'aube. Comme tant d'autres jeunes vivant la bohème à la mode, il passait plus de temps au *Café des Antiquaires* que chez lui. Chez le père Jonas, le patron, il avait l'impression d'apprendre vraiment la vie, en parlant avec de vieux anarchistes dont les récits mettaient de la lumière dans ses yeux.

C'est là aussi qu'il connut Sammy et que sa vie marqua le pas un soir de 1957. Maudite soirée. Au souvenir de cet événement, Bertin releva son col. Comme s'il avait soudain plus froid. Il revit la scène au ralenti, ferma douloureusement les yeux. Heureusement, aucun d'entre eux n'était plus là aujourd'hui pour le salir, pour en parler.

Tous sauf un. Mais il ne l'avait plus revu depuis quelque temps. Il avait bien cherché à renouer le contact, mais sans succès. La plaie restait ouverte.

Bertin atteignait presque le plateau de La Treille lorsqu'il crut percevoir un bruit dans le feuillage.

6

Marie-Claire Drouet se déshabilla, à peine la porte refermée. Secouant les pieds pour se défaire de ses chaussures, elle posa ça et là ses bijoux et sous-vêtements. Ce n'est qu'une fois dans la salle de bains qu'elle s'autorisa à éclater en sanglots.

Depuis le matin, elle avait tenu le coup sans rien dire. Oui, oui, ils étaient tous derrière Bertin, oui, cet homme-là ferait son chemin, non, elle ne regrettait pas de s'être retirée de la compétition pour lui laisser sa place, non, personne ne le lui avait demandé, oui, elle était certaine que Bertin ferait un bon Conseiller d'État.

En laissant Bertin seul sur la liste de leur groupe, elle avait renoncé à sa dernière chance de siéger un jour à l'Exécutif cantonal.

C'eût été une victoire sur la vie, sur les hommes, qui ne l'avaient pas épargnée. Mais elle avait bien compris que sa cinquantaine célibataire et ses tenues sages ne remporteraient jamais l'aval de militants prônant l'égalité des femmes tout en continuant à contempler leur décolleté avant leur curriculum.

Par sagesse, pour ne pas essuyer d'affront, elle s'était retirée de la compétition. Seul son frère, son éternel soutien, s'en était offusqué. Tous les autres avaient eu l'air de trouver ça normal. « Il faut un ticket fort », comme ils disaient dans leur langue de bois. Elle aurait aimé qu'ils fassent au moins semblant d'être déçus, pour ressentir, un moment, l'illusion d'intéresser quelqu'un.

Bertin lui avait serré la main avec un « Merci, chère Madame » aussi ironique que les « Bonjour » qu'il lui avait toujours lancés. Il devait la mépriser, elle le lui rendait bien. « Ce clébard prétend protéger les femmes alors qu'il n'a jamais dû se pencher plus de quelques secondes sur chacune de celles qui se sont couchées sous lui. Ça doit être un rapide, il ne doit pas avoir le temps de faire autrement », dit amèrement Marie-Claire qui s'étonna elle-même de ce parler si cru.

Étalée sur son canapé, elle émit un petit bruit grinçant, imitant le rire de Bertin. Un petit rire qui tenait plus du tic nerveux que de la jovialité. Quelque chose, chez cet homme, sonnait faux en société. Il devait être triste, mal dans sa peau.

Et c'est pour cet être factice qu'elle avait baissé les bras? En se regardant dans le miroir, elle vit la haine dans ses yeux. Elle comprit qu'elle ne pourrait jamais pardonner. Impossible de rester comme ça sans rien faire. Le vase avait débordé. Elle enfila un survêtement, attrapa dans un tiroir ce qu'elle avait toujours prévu «au cas où» et sortit.

7

Georges Bertin pouvait bien rire en gravissant la Treille, ce serait la dernière fois.

Il avait attendu assez longtemps pour le faire payer. Enfin. Il regardait le nouveau Conseiller d'État monter vers son destin avec cette décontraction qu'il haïssait depuis tant d'années. Bertin avait toujours été beau, avait toujours plu aux femmes, il avait eu toutes celles qu'il voulait, tandis que lui…

Dans quelques minutes, son orgueil allait être rabattu à tout jamais. N'ayant rien pu faire contre sa candidature, et encore moins contre son élection, il avait choisi d'attendre que l'homme soit au faîte de la gloire pour l'abattre. Comme pour percer une baudruche gonflée à bloc, pour faire vraiment du bruit et salir le plus possible.

Les feuilles crissaient sous les pas de la proie avançant vers son chasseur.

8

La promenade la plus ancienne de Genève reçut ce nom de «Treille» en souvenir des vignes qui autrefois prenaient le soleil de ce côté de la Vieille-Ville. L'endroit aujourd'hui célèbre pour son banc, «le plus long du monde», figure même dans le livre des records. Depuis 1808, chaque printemps, le marronnier officiel signale l'arrivée d'un temps plus clément; le sautier de la République est chargé de surveiller l'éclosion de sa première feuille.

De tout temps, les Genevois ont vécu sur la Treille des pages de leur histoire. De là, on surveillait l'ennemi. En 1813, lorsqu'ils parvinrent enfin à expulser les troupes françaises après quinze années d'occupation, les Genevois guettaient d'ici les bruits de canon provenant du fond du pays, du Fort-de-l'Écluse. C'est sur cette Treille que l'on célèbre depuis lors la Restauration de la République en tirant au canon chaque 31 décembre à l'aube.

Au *Café Papon*, d'abord situé au sous-sol de la Tour Baudet, siège du gouvernement, les soldats fidèles à l'Empereur avaient appris la mort de Napoléon à Sainte-Hélène en 1821. Des lieux chargés d'émotion. Par la suite, des politiciens de tous poils avaient régulièrement envahi le café où ils refaisaient Genève une fois par semaine. Le bistrot, rouvert depuis quelques années, avait maintenant pignon sur rue ou plutôt sur terrasse puisqu'en été, tables et chaises s'étalaient loin sur la Treille. Désormais, Bertin verrait tout ceci depuis les fenêtres de son bureau.

Perdu dans ses pensées, le nouveau magistrat tressaillit à l'approche d'une ombre.

— Qui est-ce qui… toi?

— Ça t'étonne?

Bertin recula légèrement.

— Un peu. Ce n'est pas un lieu pour une promenade…

— Tu te balades bien, toi.

— C'est différent, je rentre chez moi.

— En passant devant ton nouveau bureau?

Bertin haussa les épaules. Leur dernière discussion, il y avait quelques semaines, avait eu le même ton agressif et ironique. Il comprit que cela ne déboucherait sur rien de valable. Il essaya de se tourner pour mettre son vis-à-vis en pleine lumière. Mais un chasseur habile ne se place jamais dans le sens du vent. Et celui-là ne paraissait pas décidé à perdre pied. Bertin tenta de passer, l'autre lui barrait la route. Le rythme cardiaque du nouvel élu s'accéléra. Lui qu'on avait toujours comparé à un félin aurait dû parvenir à feinter son agresseur. Il essaya encore la manière souriante.

— Je vais dans mon bureau, en effet. Tu m'accompagnes?

— On n'ira pas plus loin.

La phrase avait sifflé dans la nuit. La voix était glaciale. L'échine dorsale de Bertin se figea. L'autre ne rigolait pas du tout. Il aurait dû s'en douter: il ne l'avait pas attendu sur la Treille, en pleine nuit, un soir de novembre, pour lui faire une bonne blague. Il sentit qu'il perdait pied.

— Mais que veux-tu, enfin?

— Je veux que tu crèves.

Les choses étaient claires. Bertin émit son petit rire sarcastique qui, ici, devait être un tic nerveux.

— Je veux que tu payes pour tout ce que tu as fait. Depuis des années, tu écrases toutes les femmes que tu rencontres; tu méprises tout le monde. C'est trop facile. Tu oublies ce que tu dois.

— Ah parce que tu te préoccupes du sort des femmes, toi, maintenant?

Ce n'était pas le moment de faire de l'humour. Raté. Bertin sentit ses tempes cogner de plus en plus fort. Il tenta une dernière conciliation en invitant l'autre à s'asseoir et se dirigea vers le banc.

Une seconde plus tard, il réalisa qu'il avait commis sa dernière erreur: une poigne d'acier venait de s'abattre sur son épaule, un tampon imbibé d'un produit doucereux s'écrasait sur sa bouche.

Il voulait réagir, n'y parvenait déjà plus.

C'était presque bon de se laisser aller...

9

Marcel Pittard n'aimait pas se lever tôt. Il arriva sur la Treille en pestant contre le temps, la politique, l'État qui l'employait depuis vingt-cinq ans et les horaires irréguliers. Tout en vrac. Genevois, et donc râleur, il commençait en général ses journées par un chapelet de jurons qui lui décrassait les papilles.

«Tous des guignols» grommelait-il en pensant aux élus de la veille que l'on avait fêtés bruyamment un peu partout. Lui votait extrême-gauche depuis toujours, par tradition familiale. «De toute façon, c'est tous des tordus et ils nous referont la même merde que ceux d'avant.» Marcel résumait à sa façon le programme politique qui venait d'être plébiscité et pour lequel il n'avait pas voté.

Perdu dans ses jurons, il ne comprit pas tout de suite d'où venait la chaussure qui traînait sur le sol devant lui. Quand il aperçut le pied qui pendait au-dessus, il se figea. Sûr que ce pied fût rattaché à autre chose, il n'osa pas lever les yeux. Avec courage, il appréhenda enfin dans son ensemble l'image terrible qui s'offrait à lui : un corps se balançait dans le vent de l'aube. Le cadavre était accroché à la plus grosse branche de l'arbre, elle-même soutenue par un tuteur énorme.

« De Dieu, de Dieu ! » Le mort n'avait certes pas bonne mine, mais le plus affreux, c'était le couteau planté dans l'entrejambe. Une vision douloureuse que Marcel ne supporta pas.

Sans en être conscient, il était parti en courant. Devant l'Hôtel de Ville, il s'arrêta net : au-delà de l'horreur, quelque chose le perturbait. « J'ai déjà vu cette tête quelque part », se dit-il à voix haute. Il resta immobile, cherchant la réponse. Soudain ses yeux s'arrêtèrent sur la caissette de *La Gazette* qui arborait une manchette « Spécial Élections » annonçant : *Incroyable, Bertin est élu !*

Pas de doute ! C'était bien Georges Bertin qui se balançait là, sous le marronnier officiel de la Treille.

Persuadé que le cauchemar allait se terminer et qu'il allait enfin se réveiller, Pittard se dirigea tout de même vers le poste de police du Bourg-de-Four.

Il était 5h30, ce lundi 20 novembre 1989.

DEUXIÈME PARTIE

10

Tout le périmètre de la Treille était fermé. Les hommes du Service d'Identification Judiciaire (SIJ) prenaient des photos et recensaient tout ce qui se trouvait sur place. Ils avaient entouré Bertin d'un drap. Par pudeur, mais aussi parce qu'ils ne supportaient plus la vision du couteau planté dans les parties génitales du mort.

«Ça, c'est l'œuvre d'un cinglé», marmonnait, dégoûté, un vieux routinier du SIJ, «il n'y a que les cinglés ou les pédés pour organiser de telles mises en scène. Et je ne crois pas que Bertin avait beaucoup touché à la deuxième catégorie!»

Les autres sourirent. Tout Genève se délectait depuis des mois de potins variés et pas toujours très fins à propos des succès féminins du mort, qui avait axé toute sa campagne sur la défense des femmes.

On n'avait jamais assassiné de Conseiller d'État à Genève, et encore moins une nuit d'élections. C'était l'affaire du siècle, un coup sur lequel les policiers ne pourraient pas se permettre la moindre erreur. Ils l'avaient bien compris. « Vivement que les "huiles" – les chefs – arrivent : qu'on dépende ce mort et son couteau... »

Ils arrivaient justement, les uns après les autres : il y avait Vincent, le chef de la police, un gros blond rougeaud qui avait souvent l'air à bout de souffle ; Saint-Ours, le président du collège des juges d'instruction, un bonhomme tout rond aux cheveux très drus et très blancs dont les suspects ne se méfiaient jamais assez et qui pouvait piquer des colères épouvantables ; il y avait Habel, le procureur, très insignifiant, presque poussiéreux, et bien sûr Norbert Simon, le chef de la brigade criminelle.

Le commissaire Simon aurait pu se fondre dans n'importe quelle foule, tant il ne présentait aucun signe particulier. C'est sans doute ce qui lui avait permis des coups magnifiques et une superbe carrière de flic depuis vingt-cinq ans déjà.

Ses cheveux noirs s'agrémentaient maintenant de fils d'argent discrets, ses sourcils connaissaient le même vieillissement. Son visage, lui, gardait l'aspect sain qu'il avait toujours eu malgré une vie un peu décousue. Ses yeux verts avaient perdu de leur éclat depuis quelques années, mais les rides n'avaient pas encore envahi ses traits, à l'exception de quelques plis autour des yeux qui conféraient à l'homme un charme incroyable quand il se mettait à rire. Ce qui était rare, car Simon n'était pas un marrant, ses hommes le savaient bien. Mais il savait être juste et ils le reconnaissaient. Seulement, il détestait se lever tôt. La journée allait donc être rude pour tout le monde.

Après un bref salut à tous, le commissaire se dirigea vers le légiste Naville, qui venait de commencer à observer le cadavre toujours attaché à son arbre.

— Salut Olivier.

— Salut Norbert, ce n'est pas très beau.

Les deux hommes avaient mené leur carrière en parallèle et se connaissaient depuis très longtemps. Ils étaient devenus amis malgré leur caractère renfrogné. Finalement, c'était peut-être leur point commun.

— Bon, je n'ai pas besoin de te dire que ce n'est pas un suicide. En général, on ne se plante pas un couteau à l'entrejambe après s'être pendu. On ne fait pas le contraire non plus. Mais ce qui m'étonne, c'est qu'on ait réussi à le pendre. Alors je me demande si, finalement, il ne s'est pas « suicidé » sous la menace.

— En tout cas, remarqua Simon, ce n'est pas un meurtre de femme. Cela paraît difficile.

— Exact, répondit Naville. Un homme d'une telle taille et de ce poids… il devait faire dans les 85 à 90 kilos. Impossible pour une femme. En tout cas pour une femme seule.

Une fois que les hommes de Simon eurent décroché le corps, Olivier Naville se livra à ses toutes premières investigations.

— Il n'était peut-être pas mort quand on l'a pendu, mais à l'évidence, il avait été étouffé ou assommé. Il ne porte aucune marque sur la tête. On ne l'a pas étranglé non plus auparavant. La marque de la corde indique bien la pendaison. Tes hommes ont parlé de tampon d'ouate retrouvé par terre. Sans doute du chloroforme, ça semble le plus simple. Une fois endormi, il s'est laissé pendre. Vivant, mais inconscient. En revanche, le coup de couteau a été donné un moment après. Je ne vois pas de saignement. Il était déjà en train de refroidir quand on l'a poignardé. Pourquoi toute cette mise en scène pour finir par planter un couteau… ? Mystère. Je vais tout examiner. Il faut que tu me laisses quelques heures, Norbert. Mais je pense qu'on sera vite fixés.

11

Une cellule de crise fut organisée à 8h au *Café Papon*.

Tous les chefs réunis autour de la table arboraient une mine plutôt grise. Le dossier était délicat. Il allait falloir être discret, éviter les maladresses, les bavures.

Vincent, le chef de police, s'épongeait le front toutes les vingt secondes en moyenne; Saint-Ours gardait les sourcils froncés; Simon ne pipait mot, attendant que tout le monde soit installé. Depuis longtemps, Vincent le laissait agir dans de tels moments, sachant que la froideur de Simon représentait un atout quand il s'agissait de diriger des opérations efficaces. Chacun jouait sa carrière. Ils en étaient conscients. Très rapidement, ils en arrivèrent à dresser la liste des différentes voies à explorer.

— C'est sûrement politique, dit Vincent en desserrant sa cravate. Ce type n'était vraiment pas aimé de tout le monde.

— D'accord, reprit Habel, le procureur, mais à ce compte-là, nous aurions déjà eu beaucoup de morts, dans cette élection-ci comme dans les précédentes. Croyez-vous réellement que la gauche en arriverait à ce point?

— Ah ça, Monsieur, je ne juge pas! sursauta Vincent, mal à l'aise. Je dis simplement que c'est à l'évidence une provocation, et une provocation politique.

Habel se mit à rire:

— Il devient de plus en plus difficile de recruter des candidats dans certains partis, heureusement qu'ils ne se mettent pas à s'entre-tuer!

Les autres enregistrèrent la plaisanterie, sans toutefois regarder le procureur. Vincent reprit le fil de ses idées.

— Nous savons tous ici que Bertin a joué des coudes pendant des années. Qu'il a fait des envieux, tout au long de son existence. Qu'il a pris la place de bien d'autres.

— Et notamment d'une femme! articula Saint-Ours en fixant la table.

— C'est juste, dit Simon. Il a pris la place de quelqu'un. Il doit y avoir beaucoup d'aigreur là autour. Calame, vous vous occuperez de ses amis politiques comme de ses ennemis. Faites la tournée des popotes dès maintenant. L'affaire sera vite ébruitée. Essayez de les surprendre avant, pour voir leur réaction. Je ne pense pas que c'est là que nous trouverons la vérité, mais je ne peux rien écarter. Personnellement je crois que les hommes politiques sont beaucoup trop lâches, sauf votre respect Monsieur le Procureur, pour en arriver à de telles extrémités.

— Et les femmes? continua Saint-Ours, les yeux cette fois rivés sur son café. Il y en avait passablement autour de lui.

— Vous avez raison, dit Vincent qui commençait à se calmer. Quand on disait de Bertin qu'il était un homme à femmes, c'est parce qu'il a toujours été entouré de femmes. Élevé par sa mère seule, beau parleur, Don Juan, c'est par une campagne sur la liberté de la femme qu'il a certainement convaincu.

— Je ne parle pas de ça, dit Saint-Ours, très sec. Je parle surtout de celles qu'il a mises dans son lit. Ce couteau à l'entre-jambe me dérange. C'est un signe. Il y a une rage, là derrière.

Simon se levait en dictant ses ordres.

— Mallaury, vous viendrez avec moi, nous irons chez lui. Je m'occuperai aussi de sa mère, vous vérifierez qu'elle est bien à l'asile de Vessy. Saint-Ours, tu ne crois pas qu'il y aurait quelque chose sur le plan judiciaire? Bertin était avocat, il ne faut pas l'oublier. Ces hommes ont toujours des ennemis et pas forcément à cause de leur belle gueule ou de leurs effets de manches. Je ne peux pas exclure une vengeance.

— Je vais regarder, répondit Saint-Ours, il faut que je fasse un peu le tour de ses dossiers. Il a plaidé dans de belles affaires. Mais je ne crois pas me souvenir qu'il ait remporté des succès susceptibles de provoquer la vengeance d'un détenu ou d'une partie au procès. Deluz, mon greffier, épluchera les dossiers. S'il y a quelque chose, on devrait le trouver très vite.

Finalement, Simon se pencha en avant, posant ses deux mains à plat sur la table:

— Messieurs, vous savez comme moi que ça ne sert à rien de cacher quoi que ce soit à la presse. Je suis partisan de prendre les devants et de les convoquer. Ce sera ici, disons dans une heure trente.

Saint-Ours ne semblait pas d'accord. Il choisit pourtant de ne pas contredire le commissaire.

12

Simon et Mallaury cherchèrent vainement l'ascenseur. Mais ce vieil immeuble de la rue des Granges n'en avait jamais eu. Ils avaient tous deux le souffle court en parvenant au troisième étage.

La femme qui ouvrit la grande porte en bois était forte. Ils demandèrent à voir Bertin et constatèrent qu'elle ne se méfiait pas. Quand ils lui annoncèrent la nouvelle, elle partit d'un rire mêlé de pleurs, une espèce de longue plainte hystérique assez insupportable. Au milieu de ses sanglots, elle essaya de répondre à leurs questions. Ils comprirent qu'elle s'appelait Olga, qu'elle était la bonne à tout faire de Bertin. Vraiment à tout faire. Boniche le jour, maîtresse la nuit. Teresa, de son véritable nom, elle avait choisi un prénom russe pour dissimuler ses origines péruviennes. Elle vivait clandestinement à Genève depuis quelques années. La mort du Conseiller d'État ne devait pas arranger ses affaires.

— C'est ma faute, dit-elle, entre deux hoquets. Si je ne lui avais pas parlé, si je n'avais rien demandé, s'il n'avait pas crié, si nous ne nous étions pas battus…

Au bout de quelques minutes de patience, les deux policiers parvinrent à comprendre ce que disait la femme entre deux mouchoirs. Réfugiée en Suisse, Olga avait commencé à travailler pour Bertin quand celui-ci avait mis sa mère dans une maison de retraite. De lui, elle avait tout accepté. Bien sûr, elle espérait se faire épouser.

— Vous l'aimiez? demande Simon.

— Je crois, Monsieur. C'était ma seule chance d'améliorer un peu mon existence.

— Comment était-il avec vous? demande Mallaury.

Elle parut surprise par la question.

— C'était un patron très exigeant. Tout devait être parfait. Je devais lui servir n'importe quel repas à n'importe quel moment, et des mets très fins parfois. À moi de m'organiser pour tout avoir en réserve. Il me donnait beaucoup d'argent pour ça. Il était aussi très maniaque avec ses affaires. Son linge sale devait être de retour dans son armoire le lendemain. Il ne disait pas souvent merci.

— Que faisait-il de ses soirées?

Simon s'adoucissait presque. Il réalisait lentement face à quel mort il se trouvait. Et ce genre d'homme n'était pas à son goût.

— Souvent, il restait devant la télévision, il regardait beaucoup de vidéos. Ou alors, il prenait un bain pendant une heure ou deux. Toujours en regardant la télévision. Il y a un poste dans chaque pièce. Parfois aussi, il rentrait avec une femme et je devais disparaître dans ma chambre située sous les toits. À ces occasions-là, je ne devais pas me montrer.

Mallaury perçut alors chez la jeune femme une gêne qui n'était ni jalousie, ni pudeur. Il insista:

— Vous alliez toujours dans votre chambre ou est-ce que vous les rejoigniez parfois?

Elle couvrit à nouveau ses yeux avec un mouchoir et se remit à sangloter.

— Il avait besoin... de beaucoup. Il aimait jouer avec ça... alors j'acceptais. De toute façon, il ne me laissait pas le choix. Il me menaçait. Il disait qu'il suffisait d'un coup de téléphone pour qu'on vienne me chercher et qu'on me renvoie chez moi. Alors je cédais. Certains soirs, c'était terrible.

Simon était mal à l'aise. Les habitudes sexuelles de certains de ses «clients» l'avaient toujours dérangé. Il n'avait jamais réussi à concevoir l'amour autrement qu'entre deux personnes. Le pluriel ne lui convenait pas.

D'autres auraient peut-être traité Olga comme une vulgaire putain. Lui se gardait de tout jugement hâtif.

— Bon, dit-il pour couper court, qu'a-t-il dit hier soir, avant de sortir?

— Rien, Monsieur le Commissaire. Nous nous étions disputés la veille et il me battait froid. De toute façon, même en temps normal, il ne me parlait guère. Je faisais partie du décor. Je devais toujours être là, c'est tout.

— Vous a-t-il paru nerveux?

— Non, plutôt joyeux. Il a passé beaucoup de temps à s'habiller, à se regarder dans les miroirs.

— Aurait-il reçu un coup de fil?

— Je ne me souviens pas.

Un gendarme emmena Olga. Elle allait terminer son séjour genevois en prison avant d'être renvoyée dans son pays. Mallaury entreprit alors une fouille minutieuse de l'appartement.

Simon alla s'asseoir dans le bureau de Bertin. Seul. Il resta là, immobile, pendant de longues minutes. Il procédait toujours ainsi: s'installer dans le décor du mort et «renifler», comme il disait. Cela lui avait déjà donné la clé d'énigmes difficiles. Il prétendait que la solution était parfois juste sous nos yeux, accessible à qui voulait bien la trouver.

Et là, dans le bureau de Bertin, quand il renifla, ça sentait mauvais.

13

C'est en descendant la Treille vers Plainpalais qu'Alix Beauchamps réalisa l'ampleur de l'événement. Quand la rédaction l'avait tirée de son sommeil à 7h30 pour l'envoyer à la conférence de presse de Simon, elle avait grincé des dents. Ses confrères réunis au *Café Papon* avaient, comme elle, essayé d'en savoir aussi long que possible sur l'incroyable fait divers qu'on leur servait sur un plateau.

Simon, plus ouvert que d'habitude, était néanmoins resté sur la défensive tout au long de son exposé. De deux choses l'une : ou les pistes étaient aussi minces qu'il le disait, ou alors la Sûreté avait déjà quelqu'un dans le collimateur et on ne tarderait pas à en savoir plus.

Il allait falloir redoubler de finesse pour donner dans l'édition de demain un maximum d'informations. À part une nécrologie de Bertin qui serait facile à écrire, elle ne disposait pas de grand-chose jusqu'ici.

Elle avait souvent excellé au cours d'affaires antérieures, mais elle n'avait jamais été confrontée à un si gros dossier. De plus, ses accointances avec la sphère politique étaient minces. Ce n'était pas de ce côté qu'il fallait attendre des miracles. Pourtant, elle jouait aussi sa carrière, autant que Simon et comme tous les autres.

Elle, qui ricanait hier encore du remue-ménage électoral, se retrouvait plongée au centre d'un marécage dans lequel elle n'était pas certaine de savoir nager. Le photographe, arrivé avant elle à la rue des Savoises, avait déjà claironné la nouvelle. Avant même d'atteindre sa case à courrier, elle vit le rédacteur en chef surgir de son bureau.

— Alix, on fait une édition spéciale qui sortira en début d'après-midi. Qu'est-ce qu'on met dedans? On aura déjà des photos. Malheureusement pas du corps pendu, mais des bons plans, paraît-il, de l'évacuation du cadavre. Toi, tu as quoi?

— Je ne sais pas encore. Quelques mots sur la découverte du cadavre, mais personne ne veut nous donner le nom de celui qui a alerté la police. Évidemment, ce serait plus facile. Il faudrait que l'équipe de la politique m'aide, notamment au niveau de la nécro.

— Tu auras de l'aide, tout le monde se met dessus. On peut sortir à 14h environ. Un huit pages. Ça ne s'est jamais fait chez nous. On prendra tout le monde de vitesse, ça va cartonner. On reprendra tout pour demain avec des compléments. C'est le seul moyen de se distancer des autres. Tu ne peux pas me trouver quelque chose en plus? Une info bien à nous?

— Je ne vous promets rien. Je ne sais pas où je vais pour le moment.

— Quel juge s'en occupe?

— Saint-Ours, bien sûr.

— C'est un ami à toi, si je ne me trompe pas.

— Quand tout va bien, oui. Mais je crains qu'aujourd'hui il ne soit plus l'ami de personne. Les lignes du Palais de justice sont certainement déjà bloquées.

— Je croyais que tu avais leurs numéros directs.

Alix commençait à s'énerver.

— Oui, mais on ne gagnera rien à forcer les portes. Je vous en prie, laissez-moi faire.

— OK. Tu fais comme tu veux, Mademoiselle. Mais je veux du solide pour 14h!

Il avait refermé sa porte rapidement. Alix savait ce que cela signifiait. Il y avait déjà quelques mois que ses relations avec le chef s'étaient dégradées. Quand elle était entrée au journal, il n'était que chef de rubrique et ils avaient sympathisé très rapidement. Elle avait souvent sollicité ses conseils et elle savait qu'il était fier d'être un peu son Pygmalion. Mais depuis le rachat de *La Gazette*, la nouvelle direction du journal exigeait plus de sang à la Une, plus de sujets accrocheurs en général. Il fallait vendre, vendre plus. Alix, dont le domaine était par définition sensible et délicat, se retrouvait sans cesse sur le fil du rasoir.

Il lui était difficile d'utiliser les relations qu'elle avait mis des années à nouer tant auprès de la police qu'au Palais de Justice pour faire du sensationnalisme. C'était se griller définitivement et cela, elle ne le voulait pas. Durant sa formation professionnelle, on lui avait assez bassiné les oreilles avec l'éthique et la déontologie pour qu'elle se tienne à la ligne de conduite qu'elle s'était fixée. Le chef était pris en sandwich entre le commercial et la rédaction, Alix le savait très bien. Elle supportait ainsi ses coups de gueule parce qu'il lui inspirait malgré tout beaucoup d'amitié et qu'elle respectait son travail au journal depuis vingt-trois ans.

Elle était arrivée au milieu du couloir menant à la salle de rédaction quand son attention fut attirée par un message glissé dans son courrier. Un homme voulait la voir à propos de Bertin. Aucun nom sur la fiche. La secrétaire avait noté que l'individu souhaitait rencontrer Alix au *Café du Moulin-Rouge* à 10h, « en toute discrétion ».

14

Calame fut reçu très froidement par l'équipe qui gérait le bureau des opposants à l'Alliance genevoise. Les ennemis politiques de Bertin avaient ce matin-là la mine grise des lendemains de défaite. Certains arrachaient avec rage les affiches de la campagne, laissant contre le mur des coins de papier ornés de punaises multicolores. L'inspecteur trouva enfin Schmidt, responsable du quartier général et candidat malheureux de la gauche.

Quand il expliqua la raison de sa visite, un silence pesant emplit le bureau. Schmidt était livide. Un autre militant s'assit d'émotion alors qu'un troisième souriait bêtement comme si le policier venait de raconter une bonne blague.

Schmidt avait été battu de justesse par Bertin. Le candidat de la droite étant éliminé,

Schmidt retrouvait toutes ses chances d'être élu lors d'un scrutin complémentaire. Mais cette réalité ne semblait pas le mettre en joie.

— Ce que vous me dites est impossible. Genève n'est pas Chicago, on n'élimine pas les gens ainsi. Je n'aimais pas Bertin. Inutile, je pense, de vous le préciser. Personne, ici, ne s'est fié à ses belles paroles. Son opportunisme a dégoûté tout le monde. Même les femmes de notre groupe n'en ont pas cru un mot. Mais tout de même… on ne peut pas assassiner quelqu'un comme ça.

— Je n'ai pas dit qu'il avait été tué. J'ai seulement dit qu'on l'avait retrouvé pendu.

— Un homme comme Bertin s'aimait beaucoup trop pour se suicider, n'importe qui vous le dira.

Calame questionna chacun sur son emploi du temps de la veille et se fit présenter la liste de tous les membres du groupe afin de les atteindre chez eux ou à leur travail pour vérifier leurs alibis. Cet effort devait toutefois se révéler rapidement inutile.

— Nous étions presque tous ensemble, expliqua Schmidt. Nous avions prévu une grande fête et nous n'avons rien décommandé, par égard pour nos militants. Bien sûr, l'ambiance ne fut pas celle que nous espérions il y a encore quelques jours, mais chacun est parvenu à se dérider. Nous avons un film vidéo de notre soirée. Nous allons vous l'apporter. L'appareil enregistre l'heure de la prise d'images. Cela vous simplifiera peut-être la vie.

« Vous savez. Monsieur l'Inspecteur, je suis conscient que vous devez enquêter partout. Mais ce n'est pas dans nos troupes que vous dénicherez l'assassin de Bertin. Nous sommes, nous, contrairement à ce qu'il était lui, de vrais militants qui nous battons pour une vraie justice sociale, pour des valeurs qui nous tiennent à cœur. D'aucuns nous soupçonnent des pires bassesses, mais nous avons su écarter de nos rangs ceux qui plaçaient leur ego avant leur mission. Ce qui s'est passé à gauche ces derniers mois est justement la preuve que nous avons voulu mettre de l'ordre.

« Vous me direz que c'était un peu tard et je vous l'accorde, mais nous avons au moins eu le courage de le faire. Tout n'a pas été aussi simple, aussi limpide que nous l'espérions. Les journaux se sont délectés de nos échanges de mots crus. À vouloir être honnêtes, nous sommes devenus la risée de la République. Ceux d'entre nous qui ont provoqué cette guerre interne le savent très bien. Je les laisse avec leur conscience et cela ne servirait à rien de poursuivre le débat. Bref, à l'évidence, nos querelles "fratricides" ont fait gagner la droite. Mais les citoyens verront vite que ce n'est pas une solution pour eux. »

Calame parvint à regagner la rue sans que Schmidt ne lui refasse tout le programme de la gauche, avec, en prime l'histoire du parti. Borné, Schmidt l'était certainement. Obtus, peut-être, persuadé que seules ses idées pourraient sauver Genève. Mais assassin? Calame en doutait fort.

En se dirigeant vers le boulevard James-Fazy («célèbre homme politique genevois»), Calame se demanda si une place ou une rue porteraient un jour le nom de Bertin. Ceux qui avaient osé baptiser «rue Michel-Simon» une impasse médiocre de la Jonction sauraient bien trouver un dépotoir quelconque pour Georges Bertin!

Rarement un mort ne lui avait été aussi antipathique.

L'Alliance genevoise avait établi son bureau électoral au milieu de ce boulevard au patronyme de l'illustre radical, qui avait justement permis aux Genevois d'élire directement leurs représentants au gouvernement et ce depuis bientôt cent cinquante ans. Le lieu n'avait pas été choisi par hasard. C'était tout un symbole.

Au 27 James-Fazy, l'arcade arborait le vert et l'orange de Genève debout! Ceux qui avaient signé le Pacte pour Genève affichaient leurs convictions sur la vitrine: «Se battre pour se donner les moyens de gouverner».

Les membres de l'équipe cuvaient sans doute le champagne de la victoire : il n'y avait personne dans le bureau quand Calame y pénétra, décidé à attendre.

15

Le *Café du Moulin-Rouge* jouxtait le cabaret du même nom sans en avoir l'élégance ni les paillettes. Rendez-vous des paumés du quartier, le bar ouvrait très tôt. Un avantage pour les alcoolos du coin qui pouvaient y prolonger la cuite de la nuit. Sur le carrelage aux couleurs de cuisine, les sièges en vieux skaï n'étaient pas plus chaleureux que la serveuse. Il y flottait toujours une légère odeur d'anisette et de javel.

Quand Alix poussa la porte, les yeux d'un homme se fixèrent sur elle avec une telle intensité mêlée de tristesse qu'elle sut immédiatement qu'il était l'instigateur du rendez-vous mystérieux. À l'approche de la journaliste, il se détendit et se leva pour l'accueillir.

Alix lui demanda son nom.

— Mademoiselle, ne m'en veuillez pas. Mon métier m'oblige à une très grande discrétion. Je ne puis vous dévoiler mon identité, en tout cas pour l'instant.

— Qui me dit que je dois vous faire confiance?

— Le simple fait que je vous ai appelée, vous. Et non vos confrères des autres quotidiens. Je sais que vous ne me trahirez pas. J'ai toujours apprécié votre travail et je crois avoir deviné que vous n'avez pas d'appartenance politique. C'est aussi ce qui m'a poussé à ce choix.

Alix se méfiait. Quiconque veut se confier à un journaliste a toujours un intérêt quelconque à le faire. Son vis-à-vis était impeccablement habillé et coiffé. Jusqu'à ses mains, parfaites, aux ongles blancs et coupés francs. Alix eut l'intuition qu'il était restaurateur ou commerçant. Avocat? Sûrement pas. Elle l'aurait déjà croisé lors d'une soirée du Barreau ou au Palais de Justice. Il portait une alliance à la main gauche. Peut-être un rival de Bertin?

— Vous n'êtes pas là pour chanter mes louanges, reprit Alix assez sèchement. Je vous écoute, qu'avez-vous à me dire?

— Bertin était mon frère.

Alix releva brusquement les yeux, fronçant les sourcils devant l'incongruité de ces propos. Elle savait Bertin enfant unique.

— Vous ne me croyez pas. Vous avez raison. Nous étions comme deux frères sans avoir une seule goutte de sang en commun. Nous avons grandi ensemble et ne nous sommes jamais quittés. Notre relation a perduré, malgré la vie et la politique, mais nous ne nous voyions qu'en privé, seul à seul la plupart du temps. J'étais un peu son secret.

Une telle sincérité ne pouvait être feinte. Alix se détendit. Cet homme lui permettrait d'en apprendre un maximum sur la vie privée du mort. Le « Big chef » allait être content. Son cœur se mit à battre un peu plus vite.

16

Dans le bureau de Norbert Simon, Calame faisait son rapport. Simon était d'accord avec lui : le meurtrier ne se cachait pas parmi les politiques, de quelque bord que ce soit.

Bertin n'était pas aimé, même par ceux de son parti, d'après ce que Calame avait pu percevoir. Mais son assurance l'avait propulsé parmi les meneurs de jeu. Foin d'idéologie, tout le monde s'était livré, ces dernières semaines à de véritables calculs d'épicier. Aux élections au Grand Conseil, le 15 octobre, Bertin n'arrivait qu'en quatorzième position. Rien ne présageait de son succès au gouvernement. C'est surtout la bagarre interne de l'opposition qui lui avait été bénéfique. Malgré une réconciliation opportuniste de dernière minute, la gauche n'était pas parvenue à redresser la barre.

Au sein-même de l'Alliance genevoise, Bertin était parvenu à ses fins en persuadant de nombreux collègues de voter pour lui aux primaires. Cela faisait d'ailleurs longtemps que l'on n'avait pas eu à procéder à un tel vote interne avant de former une liste.

Bertin avait séduit par un programme dynamique qui visait surtout à redresser les finances de la République avant qu'il ne soit trop tard. Il n'avait pas caché son intérêt pour le Département des Finances et avait de bonnes chances de l'obtenir, l'actuel titulaire prenant sa retraite politique. La force de Bertin avait été de prévoir de nombreuses femmes dans son département, afin qu'elles aient à gérer non pas le social, l'école ou la famille, qu'on avait l'habitude de leur concéder, mais des postes-clés dans des services-moteurs de l'État comme les finances et l'emploi. Et, en tout cas, avec une égalité des chances dans le service public.

Le thème de cette campagne était porteur, et tout le monde avait très vite oublié la femme évincée par Bertin à l'intérieur de son propre groupement politique. Il devait son score inespéré à tout un électorat féministe de gauche qui avait tourné casaque au dernier moment.

La femme écartée par Bertin, Marie-Claire Drouet, était une femme de qualité qui avait patiemment attendu son heure dans l'ombre du parti au sein duquel elle militait depuis sa jeunesse. Mais les convictions de la militante perdirent rapidement du terrain face au rouleau compresseur de Bertin. Elle devait sans doute son échec à son célibat, avait-on expliqué à Calame, car on redoutait encore une femme seule. « Beaucoup de Genevois ont besoin de points de repère pour élire quelqu'un. Elle aurait eu un mari issu d'une grande famille traditionnellement de droite, on lui aurait peut-être accordé plus de confiance », avait encore précisé le secrétaire de *Genève debout!*, en guise d'excuse.

Pour l'heure, impossible de demander à Marie-Claire ce qu'elle pensait du meurtre de Bertin. Elle avait disparu depuis la veille au soir.

À peine Calame avait-il terminé son rapport que le téléphone de Simon sonna. C'était Deluz, le greffier de Saint-Ours.

— On ne trouve rien d'important. En tout cas, rien qui justifierait une vengeance de cette ampleur. Le seul dossier retenu est celui d'un certain José-le-fouineur, qui a écopé d'une peine lourde à la suite de plusieurs attaques à main armée. Actuellement détenu au pénitencier de Bochuz.

— Un client de Bertin?

— Non, Bertin défendait une de ses victimes. Les choses ne s'étaient pas très bien passées entre lui et ce José. Au moment de sa condamnation, il avait proféré quelques menaces contre les parties civiles et en particulier contre Bertin qui avait été très virulent.

— Ça pourrait être une piste, souffla Simon.

— Oui et non, reprit Deluz, car le gars est encore au pénitencier de Bochuz dont il espère sortir en conditionnelle d'ici quelques mois.

— Ça vaudrait peut-être la peine qu'on lui pose deux ou trois questions. Je vais voir avec mes hommes. Je vous remercie, Monsieur Deluz, saluez le juge de ma part.

Simon faisait non de la tête en raccrochant.

— Martin, tu pars tout de suite à Bochuz. C'est sans doute un voyage dans le vide, mais j'aimerais que tu sondes ce que ce José pense de Bertin. À mon sens, un gars de cette envergure aurait fait le boulot tout seul, mais il vaut mieux s'assurer qu'il n'a pas organisé le meurtre depuis là-bas. Je te répète, ça me paraît farfelu, mais en attendant… Toi, Calame, tu attends le retour de Mallaury, il aura besoin de ton aide. Moi, je vais à la Maison de Vessy interroger la maman.

17

Depuis qu'il avait vu la petite journaliste, il se sentait mieux. Il avait agi selon sa conscience et devait bien ça à Bertin. « Georges, mon vieux pote », répétait-il en regagnant son appartement.

Avant qu'ils ne racontent tout et n'importe quoi sur son ami, il avait souhaité mettre les reporters sur la bonne voie. Peut-être ainsi ne chercheraient-ils pas trop loin et ne trouveraient-ils pas ce qu'ils ne devaient pas découvrir ?

Existait-il encore un témoin de l'affaire ? Non, il ne croyait pas. Il fallait pourtant qu'il trouve quelque chose.

18

Mallaury s'assit au centre de la pièce, fatigué. Depuis le matin, il avait fouillé des piles de documents, vidé des tiroirs, mis de côté tout un paquet de lettres anonymes, de coupures de presse, de photos, que Bertin avait amassé depuis sa jeunesse.

L'homme aimait que l'on parle de lui. Il avait tout gardé : articles, programmes de manifestations, extraits d'émissions sur bandes vidéo... Il faudrait peut-être visionner toutes ces bandes, pensa Mallaury. Peut-être y trouveraient-ils la trace du meurtrier ?

Comme bon nombre d'anciennes bâtisses de la Vieille-Ville, la maison de Bertin abritait une quantité impressionnante d'armoires et de recoins. Il y avait même, au fond de la cuisine qui donnait sur une cour intérieure, une sorte de réduit équipé d'une fenêtre et que Bertin avait transformé pour y ranger des tonnes de papiers. Mallaury avait jeté là-dedans un rapide coup d'œil, mais il avait vite renoncé devant l'ampleur de la tâche.

Finalement, dans la table de nuit de Bertin, il mit la main sur une petite feuille pliée en deux et écrite – on le devinait aisément – par quelqu'un qui cherchait à déguiser son écriture. Les lettres étaient exagérément inclinées, si bien que le stylo n'était pas parvenu à tracer correctement toutes celles du message. Néanmoins, Mallaury réussit à lire : *Irène en a trop dit. Prenez garde à être moins bavard.* C'était signé *Un ami*, comme dans les films. L'inspecteur empocha le papier. Enfin quelque chose qui ressemblait à un début de piste !

19

L'établissement de Vessy occupait plusieurs hectares et se répartissait en quatre bâtiments érigés au gré des besoins, chacun dans son style propre. Des paysans cultivaient encore des champs alentour, ce qui renforçait l'aspect rural de l'endroit. Sur ce plateau de Vessy menacé depuis longtemps mais qui résistait fièrement au béton, il émanait une douceur de vivre rare si près de la ville.

Ayant perdu ses parents très jeune, Simon avait échappé aux visites hebdomadaires en maison de retraite. Chaque fois qu'il franchissait le seuil d'un asile, le même malaise le reprenait. Les lieux, aussi soignés soient-ils, étaient toujours imprégnés d'une odeur douceâtre. Un mélange d'urine et de médicaments, qui prenait le commissaire à la gorge.

On avait pourtant fait un effort considérable pour créer ici un cadre accueillant et une ambiance généralement gaie. Qui dit que les petits vieux sont tristes? Le responsable de l'établissement, lui, ne l'était en tout cas pas.

Il vint accueillir Simon à la réception avec une franche poignée de main et le dirigea, tout sourire, vers son bureau. Il fallait pour cela traverser la cafétéria et longer le couloir du «bâtiment de liaison» qui, comme son nom l'indique, relie entre eux les différents immeubles de l'établissement. Simon apprécia au passage une exposition d'affiches publicitaires d'autrefois. Il retrouva plus d'un cliché de son enfance et pensa que, pour les pensionnaires, cela devait raviver bien des souvenirs.

Le directeur disposait d'un immense bureau abondamment décoré de plantes vertes. Il se dégageait de ce lieu un air de campagne et de bien-être, qui eut un effet bénéfique sur le moral du commissaire.

— En quoi puis-je vous être utile? demanda le directeur toujours aussi aimable.

— Vous avez peut-être entendu à la radio ou à la télévision que l'on a retrouvé ce matin sur la Treille le cadavre de Georges Bertin, commença Simon.

— Le pauvre homme, interrompit le directeur. Je le connaissais très peu. Il ne venait voir sa mère qu'épisodiquement. Il faut dire, à sa décharge, qu'elle a quitté le monde réel depuis quelques mois.

— Quelqu'un de chez vous a-t-il eu une fois ou l'autre l'occasion de s'entretenir avec elle?

— Nous ne pouvons pas parler de dialogue, et le peu qu'elle a dit n'était pas forcément sensé. Il y a eu chez cette femme une cassure, nous l'avons nettement senti à son arrivée chez nous. Elle a voué sa vie à son fils. Mais quand celui-ci a commencé à la trouver gênante, il l'a mise au placard, comme s'il n'en avait plus besoin. Pourtant, je crois que, s'il a aimé une seule personne dans sa vie, c'est bien sa mère. Son égoïsme au-dessus de la moyenne a toutefois triomphé. Les infirmières qui s'occupent de madame Bertin m'ont souvent relaté les visites du fils à sa mère. Il ne lui parlait que de lui, ne se préoccupait jamais de son bien-être à elle.

— Pourrais-je la voir?

— Monsieur le Commissaire, je ne peux pas vous en empêcher, mais je pense que ce n'est pas une bonne chose. Cette malheureuse personne vit hors du temps depuis des mois et ne vous sera pas d'une grande utilité.

— Je me permets d'insister, Monsieur le directeur. Je suis convaincu que Bertin est mort pour des raisons résultant de sa vie privée. Peut-être se confiait-il au moins à sa mère et peut-être pourrait-elle m'aider?

— C'est vous qui savez ce qui est important pour votre enquête, mais je crois que vous ne réalisez pas l'état de madame Bertin. Je vais vous conduire auprès d'elle. Vous déciderez de la suite.

Simon attendit au milieu de la cafétéria que le directeur se fasse indiquer où se trouvait la mère de Bertin. Une nuée d'enfants venus de la crèche toute proche envahissait les lieux. Plusieurs vieillards semblaient ravis de ce brouhaha. Un groupe entonnait une chanson mêlant des petites voix pointues et quelques sons plus rauques et plus vibrants. Les nouvelles théories du mélange des âges pour le bonheur de tous étaient ici appliquées avec succès. Simon regardait tout ce monde avec amusement. Dans le carré du fond, il vit une vieille dame à demi couchée sur un fauteuil spécial, regardant dans le vide au-delà des enfants qui chantaient. C'était Gisèle Bertin, il l'aurait parié. Malgré les rides accentuées, il retrouvait les traits du Conseiller d'État décédé. Ce fut en effet auprès de cette femme que le directeur le conduisit.

Ils guidèrent le fauteuil de la vieille dame vers un endroit un peu moins bruyant. Ils étaient convenus de ne pas évoquer le décès de Georges Bertin. Quel plaisir sadique aurait-on ressenti à faire souffrir encore plus un être déjà si proche de la fin? Simon avait décidé de lui parler de son fils de façon très banale, simplement pour voir si elle réagissait à certains mots.

Une des infirmières qui s'occupait quotidiennement de madame Bertin les rejoignit. Elle aida grandement Simon dont la psychologie du troisième âge n'était pas vraiment au point. Avec beaucoup de patience, l'infirmière évoqua de nombreux souvenirs qu'elle tenait de la vieille dame elle-même, qui s'était confiée quelques fois avant d'atteindre l'état de légume. Elle lui parlait tout près de l'oreille avec beaucoup de douceur.

Au bout de quelques minutes, Simon s'inquiéta :

— Vous croyez vraiment qu'elle vous comprend?

L'infirmière approuva du regard. Simon ne put s'empêcher de continuer, croyant chuchoter :

— Vous ne pensez pas qu'il faudrait lui dire qu'il est mort? L'avertissement que l'infirmière tenta de lui lancer arriva trop tard. Les mots étaient lâchés. Et la vieille dame, par on ne sait quel miracle, les avaient captés. Elle se mit à trembler violemment. Simon, jusque-là penché au bord du lit, se releva, très décontenancé. Il balbutia quelques excuses tandis que l'infirmière essayait par des mots très doux de calmer la vieille femme tout en jetant au commissaire des regards méchants. « Quel con je fais», se dit Simon en mettant alternativement les mains dans sa poche gauche, puis dans sa poche droite. Il allait se retirer comme un enfant qui va se cacher après une grosse bêtise quand la mère de Bertin s'assit presque sur son siège:

— Je lui ai dit que c'était idiot, cria-t-elle, le sang ne partirait pas facilement sur de la flanelle.

Elle retomba sur sa chaise, dans une sorte de léthargie qui impressionna beaucoup Simon.

— Vous avez ce que vous voulez? lui lança, hors d'elle, l'infirmière qui sortait déjà le fauteuil de Gisèle Bertin de la salle. Simon ne s'était pas senti aussi penaud depuis longtemps. Malheureux d'avoir été si maladroit, il dit à peine au revoir et rejoignit l'entrée de l'établissement.

La réceptionniste, de toute façon peu encline aux sourires, ne vit même pas sortir.

20

La Gazette *du 17 novembre 1989*

MORT DE GEORGES BERTIN
LE LIBÉRAL AVAIT UN PASSÉ
D'ANARCHISTE!

Une enquête d'Alix Beauchamps

Le nouveau Conseiller d'État Georges Bertin a été retrouvé hier matin pendu sous le marronnier officiel de la Treille. Pour le moment, la police ne dispose d'aucune piste sérieuse. Nous savons qu'elle cherche tous azimuts et que s'il y a une enquête dans laquelle rien ne sera laissé au hasard, c'est bien celle-ci. On peut faire confiance au commissaire Norbert Simon qui pourrait bien y jouer sa carrière. La Gazette *a mené l'enquête dans l'entourage direct du mort. Georges Bertin, l'homme qui a séduit l'extrême-droite, avait un passé d'anarchiste!*

«Il souffrait beaucoup de sa situation d'enfant bâtard», nous explique un ami très proche de Bertin qui désire conserver l'anonymat. «C'est pour cela qu'il s'est battu jusqu'au sommet!» L'homme qui nous parle a presque les larmes aux yeux. Certains éprouvaient donc réellement des sentiments d'amitié pour ce Bertin que l'on dit si mal aimé? Il semblerait.

Georges Bertin ne laisse aucune famille. C'est grâce à cet ami qui a bien voulu nous guider que nous sommes en mesure de tracer ici l'itinéraire personnel du Conseiller décédé. Les détails de sa carrière politique, la liste de ses différents mandats et des conseils d'administration nombreux auxquels il appartenait figurent dans la page ci-contre.

Revenons donc à la sphère plus secrète de l'homme public. Georges Bertin, qui naquit à la Maternité de Genève, en 1941, était le fils d'un soldat français qui disparut, sans doute victime de la guerre. La mère de Bertin eut le courage de l'élever seule, à la force de l'aiguille puisqu'elle était couturière. Bertin avait dix ans quand ils purent s'installer dans un appartement peu confortable mais très spacieux de la rue des Granges.

Bertin passa donc son adolescence dans cette Vieille-Ville dont beaucoup parlent encore avec nostalgie. Son groupe de copains en a fait de belles dans le quartier comme nous le confie toujours son ami: «Les soirs de fête, il n'était pas rare que nous finissions au poste du Bourg-de-Four pour tapage nocturne, mais tout se réglait assez vite. Les agents qui travaillaient là avaient l'intelligence de nous comprendre. Pour la forme, ils nous grondaient sévèrement et devaient sans doute sourire en refermant la porte derrière nous.»

La bohème genevoise permit à Bertin de fréquenter de futurs artistes connus comme le cinéaste Michel Soutter, le peintre Serge Diakonoff, et bien d'autres. C'était la liberté. Bertin et sa mère habitaient cet appartement grâce à la générosité d'une grande famille dont l'hôtel particulier, rue des Granges, surplombe la Tertasse et le musée Rath. Apparemment, le jeune Bertin supportait mal l'état «d'esclavage» (ce sont ses termes, nous dit-on) auquel sa mère et lui étaient réduits pour vivre. Ce fut en tout cas la théorie de Bertin à ce moment de son existence, alors que plus tard, lorsqu'il se servit de son ancienne pauvreté comme d'un argument politique, il ne fit que louer ceux qui lui avaient permis d'échapper à la misère.

Mais sur le Georges Bertin des années cinquante, les thèses anarchistes avaient bien du succès, et ces adolescents-là, comme tant d'autres, rêvaient de changer le monde. Bertin suivait la mouvance. Il avait des amis de toutes les origines, et notamment un certain Sammy, un Noir né à Genève qui jouait de la trompette comme d'autres se brossent les dents. Avec lui, avec eux, Bertin alla jusqu'à fomenter de véritables révolutions qui n'eurent jamais lieu. On nous laisse même entendre que ces garçons ne reculaient devant aucune violence pour parvenir à leurs fins. À notre connaissance, en tout cas, on n'assista jamais, dans le «Village» autour de la cathédrale, à des révoltes sanglantes… ! Tout cela restait assez bon enfant.

L'ère de la revanche

Les années passèrent et, pour une raison que nous n'avons pu élucider – «c'est la vie», nous répond-on à chaque fois –, Bertin tourna le dos à tous ses copains et entreprit de construire sa carrière. Avec la même ténacité, il suivit des cours du soir, décrocha sa matu classique, fit son droit et fut breveté en 1969. Il avait vingt-huit ans. Brièvement marié, puis divorcé un an plus tard, il commença à s'étourdir dans les bars chics de la Ville. Georges Bertin était partout où il fallait être: Griffin's, Club 58, *il avait son abonnement à la Comédie; on pouvait le voir au*

Grand-Théâtre, les soirs de première, en smoking et au bras de jeunes femmes en robe longue plus ravissantes les unes que les autres.

Derrière le strass, la tristesse.

Bertin n'avait ni foyer, ni enfants. Son ex-épouse, aujourd'hui remariée et mère de trois enfants, n'a pas accepté de recevoir La Gazette *chez elle. Toutefois, elle a bien voulu nous confier quelques mots sur son premier mari: «C'était un homme qu'il fallait connaître pour l'apprécier. Mais je crois qu'il était fait pour vivre seul. Il ne me laisse pas que de bons souvenirs, mais je ne lui en veux plus.» Bertin a souvent blessé, mais tout le monde lui a toujours tout pardonné. L'homme disposait d'un charisme que personne ne peut expliquer.*

Comme avocat, Georges Bertin connut de grosses affaires et de grands succès. Il faisait partie du cercle fermé des «ténors du barreau». Il était redouté de plusieurs confrères qui préféraient plaider à ses côtés plutôt que contre lui. Au nombre de ses succès, on se souviendra notamment de l'affaire Vandamme et des dossiers Dupont et Bernard qui firent grand bruit dans la République. Un confrère de Bertin donne, là encore, une image peu connue du plaideur: «Il était terriblement anxieux. Il montait son plan de bataille, mais n'en était jamais satisfait. Je me souviens d'un procès, en particulier, pour la préparation duquel sa maison avait été envahie de papiers en tout genre. Il travaillait à n'importe quelle heure, buvait du thé et mangeait du chocolat!» On a de la peine à distinguer le politicien sous cet angle, avouons-le.

Politique, passion tardive

La politique active ne fut que la seconde passion de Bertin, après son métier d'avocat. Il approcha la sphère politique à la fin des années 70 en entrant au comité de Tradition: Genève, un groupe proche de l'extrême-droite. Ce parti éphémère, rappelons-le, prônait les racines genevoises avant tout. En s'inscrivant l'année suivante au parti libéral, Bertin siégea très vite au Grand Conseil grâce à une élection complémentaire. Son profil d'avocat bon ton passa la rampe sans problème.

Il n'y a visiblement pas beaucoup de monde pour s'apitoyer sur la fin tragique de l'homme d'État fraîchement élu. Même sa vieille mère, grabataire, n'est plus en état de réaliser ce qui se passe. Le communiqué du Gouvernement (voir en page 3) est aussi laconique que dénué de sentiment.

C'est peut-être à l'ex-femme de Bertin que revient le mot de la fin. «Personne n'a pris le temps de le connaître, et moi en premier. C'est très difficile de parler de lui aujourd'hui. Je n'ai qu'une certitude: il avait encore beaucoup de choses à faire.»

A.B.

21

Simon tournait comme un lion en cage. En bras de chemise, il mâchait le mégot de son petit cigare ; il fumait depuis des années des *Café-Crème* qui sentaient très mauvais. Sa sœur avait tout essayé pour le faire arrêter. À chaque fois qu'elle avait cru toucher au but, les soucis d'une affaire difficile avait fait replonger le policier dans ses mauvaises habitudes. Récemment, il avait promis, une fois de plus, de faire un effort. Depuis hier matin, il avait tout oublié.

Calame et Mallaury restaient silencieux. Comme leur chef, ils avaient passé en revue toute la presse. Des journaux étaient étalés sur la longue table de conférence. Ils avaient découpé toutes les pages concernant le meurtre et jeté le reste, pour faire de la place.

Georges Bertin, qui adorait «faire les gazettes», aurait été servi. Son visage occupait la Une de la quasi-totalité de la presse suisse. Quelques quotidiens français s'étaient même emparés du sujet. C'était le cas du *Dauphiné Libéré* dans plusieurs de ses éditions régionales.

Deux pages, en particulier, semblaient avoir déclenché la colère du commissaire. *Le Léman* et *La Gazette* trônaient côte à côte. Les deux journaux étaient rivaux depuis de longues années et cette concurrence avait aiguisé leur «recherche du scoop à tout prix». Simon s'en méfiait comme de la peste. Les deux quotidiens l'exaspéraient, aujourd'hui plus que jamais. Le premier reproduisait des photos d'Olga que l'on emmenait dans une voiture de police à la sortie de l'immeuble de la rue des Granges. «Déjà la meurtrière sous les verrous?» titrait *Le Léman*.

— Des conneries tout ça. Moins ils en ont, plus ils inventent!

Simon s'en voulait. Il avait cru bien faire en dérogeant à ses habitudes et en alertant la presse dès le début de l'affaire. Il aurait dû s'attendre à de tels dérapages. La seule chose qui le rassurait était qu'avec cette façon de procéder, personne ne pourrait un jour l'accuser d'avoir gagné du temps pour dissimuler quoi que ce soit.

L'article de *La Gazette* n'avait rien arrangé à l'humeur du commissaire. Déjà dans l'édition spéciale de la veille, et plus encore dans celle de ce matin où l'article prenait une page entière, avec photos. Mais il devait bien admettre que la petite avait fait du bon boulot. Une fois de plus. Elle en savait plus que les autres (et plus que lui-même!) sur la vie privée de Bertin. Persuadé que c'était là qu'il fallait situer le crime, surtout depuis son retour de Vessy, il aurait bien voulu mettre la main en premier sur ce mystérieux ami. Il venait de demander à Mallaury d'appeler Alix. Il voulait l'identité du gars.

Tous les autres journaux relataient en détail la carrière de Bertin, avec interviews de confrères du Palais de Justice, de militants de différents partis. Tous avaient des images très floues du cadavre évacué de la Treille au petit matin. Un hebdomadaire alémanique, sorti plus tôt pour l'événement, évoquait les mœurs douteuses du politicien que de nombreuses dames de petite vertu affirmaient avoir eu pour client. D'une manière générale, Georges Bertin ressortait plus sali que glorifié de cette revue de presse.

Simon répondit à un appel sur sa ligne directe: c'était Saint-Ours.

— Tu as lu la presse?

— Comme toi, je pense.

— Qu'est-ce qu'on fait?

— Rien de plus ou de moins. De toute façon ils disent ce qu'ils veulent.

— Tu n'as pas le sentiment d'avoir commis une bêtise en les mettant sur la brèche dès le départ?

— Oui, mais c'est trop tard. Ça nous sera peut-être bénéfique, au bout du compte.

— Norbert, il faudrait travailler avec la petite Beauchamps. Elle est plus forte que je ne croyais.

— C'est ta copine, pas la mienne.

— Arrête, avec ça. C'est vrai, je la connais bien. Ce n'est pas une tête brûlée, même si on la pousse un peu loin au sein de sa rédaction. C'est une fille sérieuse. Avez-vous essayé d'avoir le nom de son contact?

— Mallaury s'en occupe, mais je doute qu'elle collabore.

— Il faut dire qu'avec la façon dont tu l'as traitée les deux dernières fois…

Simon sentit que Saint-Ours plaisantait. Il avait raison, il s'était comporté comme un vieux grincheux avec Alix Beauchamps lors des deux derniers gros faits divers sur lesquels il l'avait croisée. Pourtant son humeur n'était pas vraiment à la réconciliation.

— Je vais voir si j'arrive à ne pas la secouer. Tu m'autorises combien de baffes?

— Une. Petite. Non, Simon ne fais pas le con. Tiens-moi au courant.

Saint-Ours avait saisi l'humour du commissaire, souvent baptisé « Canal Plus » par ses subordonnés, tant ses propos étaient parfois difficiles à décoder.

Calame avait suivi la discussion sans sourciller. Par moments, il ne fallait espérer aucun sourire complice avec le patron. Il changea de sujet.

— À propos du billet de menaces que Mallaury a trouvé, patron, le labo estime qu'il n'est pas très ancien. C'est vraisemblablement une main d'homme qui l'a tracé. C'est tout ce qu'on a pour le moment.

Mallaury venait d'entrer dans la pièce.

— Alix Beauchamps ne veut rien dire. Elle affirme ne pas connaître le nom du gars, qu'elle décrit comme un bel homme, très soigné, la cinquantaine, sans doute marié et ayant une belle situation. Il prétend être proche de Bertin depuis toujours.

— Merde, coupa Simon. Je le sais, j'ai lu son article. C'est tout ce qu'elle peut nous dire ?

— Elle a ajouté que si elle devait parler, ce serait à vous. Mais pas pour le moment.

— Génial ! Voilà les fouille-merde qui font la loi !

Simon ne surveillait plus son langage, ce qui n'était pas très courant chez lui. Et pas très bon signe pour ses inspecteurs.

22

L'interphone émit un curieux «coin-coin» qui fit sursauter tout le monde. Calame pressa le bouton et le rouge passa au vert.

— On attend le commissaire dans son bureau.

— Qui?

— Une femme.

— Qui?

— T'en fais pas, dis-lui d'y aller.

Calame transmit le message à Simon, qui raccrochait après une conversation sur la ligne extérieure.

Dans le couloir, le commissaire perçut un parfum à base de patchouli qu'il connaissait bien. Un sourire apparut sur son visage, et il poussa énergiquement la porte de son bureau.

— Je me demandais si tu réagirais tout de suite, dit-il en refermant la porte.

— Mon minet, tu pensais pas que j'allais te laisser comme ça?

Il colla une bise furtive sur la tempe de la femme assise dans le fauteuil des visiteurs. L'odeur habituelle du nylon recuit lui monta au nez. Irène n'avait pas changé.

— J'étais sûr qu'il venait chez toi.

— Depuis trente-cinq ans, mon minet. Ça me fait de la peine cette histoire.

Simon et Irène étaient incapables de dire quand ils s'étaient connus, tant c'était ancien. Jeune inspecteur, il l'avait cueillie plus d'une fois dans une rafle. À l'époque, elle devait peser dans les 43 kilos, et il s'était souvent amusé à soulever du sol ce 1,47 m de dentelles et de maquillage. Sans jamais oser aller plus loin.

Irène avait toujours été coquette. Elle s'était vite libérée du garçon qui l'avait mise sur le trottoir. Comme Genève est une des rares villes au monde où une pute peut tapiner sans souteneur, elle s'était installée «à son compte». Elle travaillait alors dans un mobilhome parqué le plus souvent au boulevard des Casemates. Elle avait pour clients les plus grandes figures de la République. Et Bertin avec eux.

— Je crois qu'il devait être presque puceau quand il est venu la première fois. Et puis je l'ai perdu pendant quelques années. Un soir, il a réapparu. Il était en larmes. Il n'a pas voulu coucher, il a payé quand même. J'étais presque déçue.

— C'était un bon coup?

— Non, honnêtement non. Plutôt rapide. Note bien, moi, en général, ça m'arrange, je fatigue moins. Parfois pourtant, je lui en voulais d'aller si vite. Il était surtout attendrissant. Quand il débarquait dans la caravane au milieu de la nuit, je fermais boutique car j'en avais pour des heures à le consoler. On ne baisait pas, on restait là, il buvait des whiskies, pleurait, parlait. S'il avait une chanson en tête à ce moment-là, nous écoutions le disque dix fois, vingt fois... Il finissait par s'endormir dans le fauteuil.

— Ces soirs-là, il te payait?

— Plutôt! Il posait sur la table ce qu'il avait en poche. S'il y avait cinq cent balles, il les laissait.

— En fait, tu lui servais de psy.

— Tu crois que ça sert à quoi, mon job? Les mecs ont plus souvent besoin qu'on les cajole plutôt qu'on ouvre les cuisses. Note, si on peut faire les deux... ils préfèrent. Mais en général, ils aiment surtout qu'on les écoute. Ma clientèle est comme ça. C'est des fidèles. Maintenant que je travaille à la maison – la caravane, tu sais, ça va un moment! –, ils adorent venir chez moi et faire leur pacha. Ils n'oseraient jamais se comporter comme ça avec leur femme. Je suis à leur service pour tout, ils adorent, je te dis!

— Bertin venait aussi chez toi?

— Lui, c'était spécial. Depuis que j'ai quitté la caravane, j'ai pris un portable. Certains aiment bien pouvoir me joindre n'importe quand. Joe – je l'appelais comme ça – aimait bien ce système. Ça m'est arrivé d'aller deux fois dans la journée à son étude.

— Et vous faisiez ça au bureau? sursauta Simon.

— Dans les toilettes. On avait un code. J'y allais, je me déshabillais, il me rejoignait. Ça allait très vite. Il y a des chiottes d'avocat qui sont plus confortables que certains studios meublés...

Elle éclata de rire en voyant l'air ahuri de Simon.

— T'offusque pas, mon minet. Ça se fait beaucoup! C'est vachement pratique. En tout cas, je préfère ça à un ancien client, un boucher, qui voulait toujours me sauter dans l'arrière-boutique. Il faisait un froid!

— T'as une idée de qui a pu écrire ça?

Simon venait de tendre à Irène le fameux billet anonyme trouvé par Mallaury dans la table de nuit de Bertin. Pour le lire, elle avait dû sortir ses lunettes. En la voyant faire, Simon réalisa que les années passaient. Malgré ses permanentes oxygénées et ses boucles de gamine, Irène n'était plus très fraîche. Comme lui, elle prenait de l'âge. Ça n'avait pas rallongé ses jupes, mais ses yeux s'étaient fatigués.

— Ça, c'est Albert! J'avais dit à Joe de détruire ce bout de papier, mais il avait voulu le garder pour faire chanter Albert au cas où.

— T'essayes de m'expliquer?

— Albert est un de mes clients. C'est un vieil avocat pédé qui m'a sortie plusieurs fois pour qu'on ne sache pas qu'il était de l'autre bord. Il ne m'a jamais touchée. Pourtant, à l'époque, je le trouvais pas mal et j'ai essayé de le faire craquer. Eh ben, ça m'est rarement arrivé, mais celui-là, il a jamais voulu. Pédé jusqu'au bout.

— Je vois pas le rapport avec Bertin.

— Attends, tu vas comprendre. T'es presque aussi impatient que lui... À Joe, je racontais beaucoup de choses. On me dit souvent que je parle trop... Quand il a su pour Albert, il a pleuré de rire pendant au moins une demi-heure. Je lui ai fait promettre de garder ça pour lui, mais il aimait tant faire la leçon aux autres... Un soir qu'ils avaient je ne sais pas quelle grande réunion des avocats, il a chuchoté des cochonneries sur moi à Albert qui, paraît-il, a viré au rouge. Quelque temps après, Joe a reçu ce billet. Mais ça n'a rien à voir avec ton meurtre, mon minet, crois-moi. Albert a voulu faire peur à Joe, c'est tout. De toute façon, il n'a plus même la force de soulever une chaise, je ne le vois pas pendre mon Joe. Je suis bien placée pour savoir comme il était lourd…

Le «minet» raccompagna Irène à l'entrée, lui faisant promettre de rappeler si quelque chose lui revenait en mémoire qui pourrait les aider. Il parvint de justesse à l'empêcher de se suspendre à son cou au beau milieu de l'entrée du poste de police.

23

Simon devait rendre visite à l'ex-femme de Bertin, mais, avant de partir, il voulait faire le point avec Saint-Ours. La ligne du juge était constamment occupée. Avant d'essayer à nouveau de joindre le Palais de Justice, il s'éclipsa quelques minutes pour acheter des *Café-Crème* au supermarché d'en face.

Depuis des années, Norbert Simon n'allumait ses cigarillos qu'avec des allumettes en bois. Il achetait les boîtes par paquets et choisissait des séries avec des vues de Suisse. Plus c'était ringard, plus il aimait, car cela attirait toujours les commentaires de son entourage.

La passion des petites boîtes lui était venue de sa jeunesse quand il vivait avec sa sœur et ses parents dans un logement en demi-soussol dans le quartier de Champel. Sa mère était concierge de trois immeubles dans une petite rue cossue. Le poêle était installé dans le salon qui devenait le soir la chambre de ses parents. Pour mettre le feu aux pommes de pin que toute la famille ramassait les jours de congé dans le parc Bertrand tout proche, on se servait d'allumettes en bois. Il y en avait un peu partout dans la maison.

Il avait gardé le réflexe de toujours avoir des paquets d'avance, comme pour se rassurer. Ces boîtes d'allumettes lui occupaient les doigts : il parvenait à les faire tourner sur elles-mêmes en effectuant une pression au fond du carton. Le fond devenu convexe, la boîte pouvait jouer les toupies.

Le Cervin avait déjà effectué plusieurs tours sur lui-même, lorsque Simon entendit enfin la voix de Jacques Saint-Ours.

— Ah, Simon ! J'espère que tu trouveras rapidement quelque chose parce que je ne peux plus travailler. Quelques journalistes ont réussi à obtenir mon numéro direct. Je deviens fou.

— Je m'en veux de te décevoir, mais je n'ai pas grand-chose. Martin vient d'arriver bredouille de Bochuz. Tu remercieras encore Deluz pour ses recherches.

— Ça n'a rien donné ? Je m'y attendais.

— José-Machin s'est transformé en oie blanche depuis son incarcération. Il a même fait des études en prison, s'est converti au bouddhisme et rêve maintenant de partir aider les pauvres en Afrique. J'en suis à désespérer : si nos truands se mettent à devenir gentils, on n'aura bientôt plus rien à foutre.

— Mon pauvre Norbert, le meurtre n'est plus ce qu'il était…

— Tu peux rire, c'est vrai. Ça devient de plus en plus difficile, de plus en plus pathologique…

— En parlant de ça, que dit Naville ?

— L'autopsie a confirmé ses premières impressions : chloroforme et pendaison. Le coup de couteau a été donné quelques minutes plus tard, après la mort survenue aux alentours de minuit. Le couteau ne nous mènera nulle part, il ne comportait pas d'empreintes, c'est un vulgaire couteau à viande que tu trouverais dans n'importe quelle grande surface. J'ai encore un tout petit espoir avec deux cheveux n'appartenant pas à Bertin et qui se trouvaient sur sa veste. Mais encore, tu imagines combien de personnes se sont frottées à lui au moment du dépouillement des urnes, à Uni II et ensuite au Landolt ? Ça figurera au dossier, mais je doute que ça nous guide vers la solution.

— Et dans le milieu politique ?

— Nada. Non, à part beaucoup d'antipathie, on n'y trouve rien de solide. Sauf que l'on n'a pas encore mis la main sur la rivale de Bertin, cette Marie-Claire Drouet, qui avait le plus beau des mobiles. Toutefois, elle n'a pas pu le tuer seule, on le sait. Donc, là aussi, je crois qu'il faut baisser pavillon.

— J'avais donc raison, c'est parmi ses bonnes femmes qu'il faut chercher.

— De ce côté-là, peut-être. Dans sa vie privée, sûrement. On garde l'idée d'un mari jaloux. Le type qui a tuyauté Alix Beauchamps n'est pas net, à mon avis, mais impossible de le trouver. Je tourne en rond, Jacques, je tourne en rond.

— En tout cas, il y a eu quelque chose : si j'ai bien compris ton message d'hier, tu as obtenu une déclaration de sa mère ?

— Ouais, encore que je ne sois pas très fier de moi. J'ai été très maladroit. Elle ne m'a pas vraiment fait de déclaration, mais elle a parlé de sang sur de la flanelle. Je sais que dans ces états de démence, il y a des sursauts, des moments où de vieux souvenirs surgissent de façon très brève. Ce n'est pas une hallucination, c'est une bribe du passé qui ressort. C'est sûr. Malheureusement, je n'ai rien eu de plus. Je vais maintenant chez l'ex-femme de Bertin. J'espère qu'elle pourra me donner une explication.

En partant, Simon croisa Mallaury qui prenait un café au distributeur situé en face des ascenseurs. L'inspecteur avoua sa perplexité au commissaire. Tout ce qu'il avait pris chez Bertin et qui lui paraissait important ne valait rien. Il y avait bien les lettres de rupture, mais cela faisait autant de pistes que Bertin avait eu de femmes. Renseignements pris, les unes, aujourd'hui mariées et heureuses, n'avaient aucune raison de s'en prendre à Bertin, les autres avaient quitté Genève. Photos et papiers n'avaient rien révélé de mieux. Il demanda la permission à Simon de retourner sur place. Si Bertin avait eu quelque chose à cacher, il l'aurait à coup sûr dissimulé chez lui. Ce qui était assez facile dans ce genre de grand appartement ancien plein de coins, d'alcôves et de petites armoires. Mallaury avait pourtant une ou deux idées de l'endroit où il lui fallait chercher. Simon approuva les projets de l'inspecteur et descendit en ascenseur jusqu'au parking.

24

Pas rasé et mal coiffé, l'homme buvait son café au fond de l'établissement. La serveuse, habituée aux clients grognons du petit jour, ne prêta pas attention aux jurons qu'il lança en se penchant sur la Une de *La Gazette*. Il venait souvent le matin et devait habiter dans le quartier. Mais il ne l'avait jamais saluée et elle ne s'en plaignait pas : il était vilain et ne sentait pas bon.

Une fois de plus, il venait de passer une de ces nuits où son esprit n'avait pas connu la paix. Depuis trente-deux ans, cela lui arrivait environ une fois par semaine. Les vieux fantômes remontaient à la surface et Bertin, déguisé en diable, venait le narguer. Depuis quelques semaines, c'était devenu plus fréquent. Surtout depuis sa dernière discussion avec Bertin et les menaces qu'il avait proférées. Ce salaud s'était moqué de lui. Dimanche, il l'avait fait taire, enfin, et s'en félicitait.

Mais en lisant *La Gazette*, il comprit qu'il n'en avait pas fait assez : la presse n'oserait jamais salir Bertin comme il le méritait. « Cette petite conne de journaliste est à cent lieues de la vérité ! »

À l'instant, il la vit. Alix Beauchamps, en compagnie de plusieurs autres chroniqueurs judiciaires, passait sur le trottoir en rigolant. Il la fixa malgré lui. Pendant quelques secondes, il eut l'impression que le regard de la rédactrice avait croisé le sien, et il se renfonça dans son siège. Toute l'équipe bruyante qui entourait Alix disparut bientôt.

Il avala le reste de son café et sortit. Il l'aperçut alors qui pénétrait en dernier dans le *Bar aux Maîtres* et qui se retournait pour l'observer en fronçant les sourcils. Il s'en voulait de son attitude. Un jour ou l'autre, elle se souviendrait de lui.

Attablée avec ses collègues, Alix restait songeuse : elle avait déjà vu cet homme, ses yeux, mais où ? L'échange avait été furtif, mais elle était persuadée de connaître cet individu. Elle croisait tant de monde… Les consommations arrivèrent. Alix perdit le fil de ses pensées et se replongea dans la discussion.

25

Contrairement aux jours précédents, on avait l'impression que le temps s'éclaircissait. Un reflet du soleil s'étalait faiblement sur le Jura, blanc depuis le début du mois. Ce chapeau enneigé n'augurait jamais rien de bon pour les Genevois frileux. On skiait déjà à la Givrine et, si ça continuait, l'hiver battrait un record. Depuis quelques années, la neige arrivait tôt, mais disparaissait avant Noël que l'on fêtait généralement dans la grisaille.

Simon se foutait des Fêtes. Il les passait en tête à tête avec sa sœur depuis des lustres, et ce n'était plus une source de réjouissances particulières. Juste une habitude. Mone et lui s'entendaient parfaitement. Elle avait trois ans de plus que lui, l'avait couvé depuis l'enfance et continuait à le faire. Il l'avait toujours surnommée Mone, parce qu'elle s'appelait en réalité Simone. Et Simone Simon… Leurs parents avaient ainsi baptisé leur fille aînée, persuadés qu'elle serait artiste et que ce nom lui vaudrait la célébrité. Au pire, elle se marierait et prendrait le nom de son mari, ce qui classerait l'affaire. Mone ne fut pas meilleure qu'une autre sur les planches et ne trouva jamais un homme qu'elle pensât supporter plus d'une semaine dans ses pantoufles. Mone resta donc Mone, et Norbert ne faisait plus depuis longtemps attention à ce prénom. Sa sœur était son havre de paix, sa bonne conscience, son alter ego. Elle vivait d'une petite rente d'invalidité à la suite d'un accident et savourait livres et musique dans son bel appartement de la rue Constantin. Elle était parvenue à faire longtemps de cet endroit un rendez-vous de choix pour les lettrés de la ville, mais Mone, aujourd'hui, n'invitait plus. Ils seraient donc seuls à Noël, une fois de plus, et ce serait très bien comme ça. Tant pis si la neige aurait fondu d'ici là sur le Jura.

Simon émergea de ses pensées en se parquant devant la villa moderne de Catherine, l'ex-femme de Bertin. Elle vivait aujourd'hui non loin de l'aéroport, dans la commune du Grand-Saconnex où son mari avait développé depuis longtemps ses activités professionnelles et politiques. La famille avait pignon sur rue. Trois enfants étaient nés d'une union décrite à Simon comme étant sans aucun nuage depuis bientôt vingt ans.

L'extérieur de la maison croulait sous le feuillage. La bâtisse était quasiment borgne côté parking. Le toit d'ardoises anthracite, sur ce versant, était très pentu et court. La plus grande partie de la toiture descendait de l'autre côté et toute la villa était orientée plein sud. Une seule petite fenêtre s'ouvrait vers le chemin d'accès. C'est de là que Catherine vit arriver la voiture du commissaire. Brune, élancée, elle était habillée avec goût dans des teintes d'automne. Ses joues avaient la douceur de son col roulé en cachemire. Elle ne portait qu'une montre en or très fine et son alliance. Très vite, elle ouvrit la porte et tendit la main au policier avec un grand sourire.

La mort de Bertin ne l'affectait absolument pas. Cela se voyait.

Dans le salon, un feu de cheminée diffusait une douce chaleur dans toute la pièce. C'était une maison de rêve : propre, vaste, chaleureuse et confortable. Très vite, Simon se sentit à l'aise et se demanda comment cette femme et Bertin avaient pu se trouver un point commun. Il confia son doute à Catherine qui était encore debout. Elle éclata de rire.

— C'est justement parce que nous n'avions rien en commun que nous avons mieux fait de nous séparer !

Pendant qu'elle préparait deux cafés, elle continua depuis la cuisine.

— Georges était beau, vous savez. J'avais vingt ans, il parlait de réussite, d'argent, mes yeux brillaient. Nous n'avions pas vécu ensemble avant le mariage, mes parents n'auraient jamais voulu. Une fois dans ses meubles, avec, de surcroît, ma belle-mère sur le dos, j'ai très vite déchanté.

Elle réapparut avec les cafés posés sur un plateau, parfaite illustration de la maîtresse de maison modèle, sortie tout droit d'une photo de *Modes et Jardins*. Par chance, elle avait pensé aux petits chocolats qui accompagnaient le café, le péché mignon du commissaire.

— Quel genre de garçon était Bertin à cette époque ?

Simon ne parvenait pas à détacher ses yeux de Catherine, tant cette femme irradiait de bien-être.

— Je vous l'ai dit, il en voulait. Ce qu'on appelle un jeune loup. La vie ne lui avait pas fait de cadeau. Il avait décidé de se servir tout seul.

— Il était sûr de lui.

— Non, il doutait sans cesse, il fallait tout le temps lui dire qu'il était bon, qu'il réussirait… ça frisait l'obsession. Je trouvais ça touchant, mais au bout d'un moment, j'ai compris qu'il avait un ego énorme et que cela ne lui passerait pas.

— Et vous l'avez quitté.

— Je ne l'ai pas quitté pour ça. Après six mois de mariage, il a eu l'occasion de faire partie d'un club de service, je crois qu'on appelait ça La Table Ronde, une sorte de Lions des moins de quarante ans, quelque chose comme ça. Il a commencé à sortir. Là, j'ai senti que je l'avais perdu.

— Vous n'aviez plus rien ensemble?

— Très peu de choses. De toute façon, Georges n'a jamais été un foudre de guerre dans ce domaine.

— Vous n'avez pas voulu d'enfant?

— Nous n'en avions jamais parlé, mais je ne prenais aucune contraception. Ça n'est jamais venu. Aujourd'hui, je sais que c'est mieux ainsi. Quand j'ai rencontré mon mari actuel, c'était tout le contraire, la passion, la complicité. C'est peut-être pour ça que j'étais enceinte deux mois plus tard...

Imperceptiblement, elle avait rougi. Était-il possible qu'après tant d'années, elle puisse encore s'émouvoir à ce point en évoquant son époux actuel? Avec une femme comme celle-ci, Simon aurait pu oublier celle qui l'avait abandonné il y avait déjà quinze ans...

— Vous n'aimez pas mon café, Commissaire?

À son tour, il rougit, réalisant qu'il n'était pas du tout à son affaire. Il devait se reprendre, il s'était juré de ne plus fondre devant une femme.

— Pardonnez-moi, mais je pensais... Est-ce qu'il vous reviendrait en mémoire quelque chose dont Bertin vous aurait parlé et qui n'aurait jamais été connu en dehors du cercle familial?

— Je ne vois pas ce que vous voulez dire...

— Y avait-il eu quelque chose de violent dans la vie de Bertin, quelque chose dont il aurait eu honte, qui pourrait peut-être nous mener sur une voie plus claire...?

— De violent? Sûrement pas. Georges ne supportait pas la violence, même à la télévision. Une fois, peu après notre mariage, j'ai plaisanté, avec un couteau à la main. Il a blêmi et a retenu ma main en m'ordonnant de lâcher l'ustensile. Il avait marmonné quelque chose comme... «Tu ne sais pas ce que c'est qu'un coup de couteau... moi oui... j'ai juré que plus jamais...» C'était très étrange. Il m'a presque fait peur. Il avait des yeux bizarres. Je n'ai plus jamais osé lui en parler.

Simon se leva. Il approchait du but, il le sentait, avec cette histoire de couteau, de sang. Les mots de la vieille dame de Vessy lui revinrent dans la tête.

Il prit congé de Catherine, presque à regret. Une fois dans sa voiture, arrêté au premier feu rouge, il faillit se donner une gifle. « À ton âge, mon pauvre vieux, tu es ridicule. » Il resta rêveur jusqu'à ce qu'il atteigne le quartier de la Jonction où se trouvait son bureau. Tout s'effaça lorsque, à l'angle du boulevard Saint-Georges, il aperçut Alix Beauchamps qui attendait pour traverser. Il klaxonna et lui fit signe d'approcher.

26

Mallaury devait remettre la main sur ce paquet de vieux papiers nettement plus jaunes que les autres dont sa mémoire avait photographié l'image parmi les piles et les piles entassées dans l'appartement de la rue des Granges. Pour le retrouver, il dut refaire le tour de l'appartement.

Personne n'avait aéré les lieux depuis qu'on avait embarqué Olga. L'endroit commençait à sentir le renfermé. L'inspecteur tenta de se remémorer son parcours de la veille. C'est finalement dans le réduit voisin de la cuisine qu'il atteint ce qu'il cherchait, au milieu d'un bon mètre cube de vieux journaux. La manie de les collectionner devait dater de Gisèle, car certains numéros, les premiers que Mallaury prit dans les mains, dataient de l'enfance du mort, voire d'avant.

L'inspecteur alla dans la cuisine, ôta sa veste, retroussa ses manches et revint dans le cagibi avec un tabouret. Il s'assit et se promit d'éplucher systématiquement tout ce qui se trouvait là. Son instinct lui disait qu'il approchait du but.

27

Alix n'accepta pas tout de suite d'aller boire un café avec Simon. Finalement, elle suivit le policier qui se parqua au début de la rue des Savoises après un demi-tour sur route qui lui aurait valu, à elle, une amende plutôt salée.

Ils entrèrent chez *Lambercy*, la boulangerie sise à l'angle de la rue des Bains et du boulevard Saint-Georges. Le lieu n'était pas discret, puisque tous les journalistes allaient y prendre leur pause, à un moment ou à un autre de la journée. Mais Simon l'avait choisi à dessein. Il voulait qu'on sache qu'il avait parlé avec Alix. Ainsi, on ne pourrait plus lui reprocher sa hauteur, sa distance d'avec « le bas peuple des gratte-papiers ».

L'expression avait été créée par un chroniqueur local à la suite d'une affaire au cours de laquelle Simon s'était montré particulièrement méprisant avec la presse. L'État-Major de la police regrettait vivement l'image impopulaire de Simon, mais le policier était très efficace. Ses supérieurs avaient donc choisi d'affronter la critique plutôt que de se passer des services d'un des meilleurs commissaires que Genève avait connu depuis François Vibert, avant et pendant la dernière guerre.

Alix et Simon attendirent leurs consommations sans un mot. Tous deux avaient sorti leur paquet de cigarettes, mais il était interdit de fumer dans la boulangerie. Ils étaient encore plus tendus.

C'est Alix qui rompit le silence en premier. La tentation d'en savoir plus l'avait emporté sur la fierté.

— On en est où?

— Pas très loin.

Simon aurait voulu lui faire croire qu'une fois de plus, rien ne lui résistait, qu'elle allait voir ça, etc. Mais il se souvint au dernier moment des recommandations de Saint-Ours. Alix n'était pas sotte et elle pouvait collaborer avec intelligence si on lui montrait qu'on l'en croyait capable.

— Mademoiselle Beauchamps, j'aurais vraiment besoin de votre aide. (Simon fit mine de ne pas voir Alix se rengorger et poursuivit.) Il faudrait que je mette la main sur l'ami de Bertin que vous avez interviewé.

— Mais, Monsieur le Commissaire, je ne connais ni son nom, ni son domicile. Je vous l'ai dit. Je ne peux rien faire de plus.

— Écoutez, plus j'avance dans cette enquête, plus je suis persuadé que c'est dans le passé de Bertin que se trouve la cause de son assassinat. Vous ne pouvez pas ne pas nous aider. C'est une question de conscience.

— Vous êtes maintenant certain que c'est un assassinat ?

— Oui, le légiste est formel. Bertin a été tué. Mais revenons à votre conscience…

— Foutez-lui la paix à ma conscience ! Vous me demandez de vous aider. Je veux bien le faire si c'est dans mes moyens et surtout si j'y trouve mon compte !

— Vous êtes…

Alix sentit venir l'insulte. Elle releva le sourcil et fixa Simon. Le policier savait très bien que, s'il allait trop loin, elle aurait l'audace de parler de leur altercation dans le journal. Il devait se maîtriser.

— OK. Je vais vous donner quelque chose de solide. Mais en échange, vous allez m'aider. Je ne marche que comme ça.

Elle avait gagné une manche, mais ne les remporterait pas toutes. C'était la règle du jeu. Le quatrième pouvoir finit souvent par se plier aux trois premiers…

— D'accord, mais je vous ai dit que je ne savais rien.

— Je vous demande simplement de m'avertir quand il vous contactera la prochaine fois.

— D'accord.

Le genou d'Alix vibrait nerveusement sous la table. Elle regarda la pendule, derrière la tête de Simon. Suivant ce qu'il allait lui dire, elle aurait encore le temps de modifier toute l'édition.

— Peut-on consulter les archives de *La Gazette* d'avant 1969 ?

— Bien sûr. Pourquoi cette date ?

— Parce que l'ex-femme de Bertin pense qu'il s'est passé quelque chose avant leur mariage.

— Ah… elle vous a parlé ? demanda Alix avec une moue de regret.

Simon fit mine de ne pas entendre.

— Si quelque chose s'est passé, c'est, en gros, entre 1955 et 1969. Vous chercherez pour moi ?

— C'est vaste ! Savez-vous ce que je dois chercher ?

— Non, c'est bien le problème. Un événement a perturbé la vie de Bertin. C'est peut-être dans son quartier, dans ses divers groupes politiques, peut-être a-t-il été impliqué dans un fait divers… En tout cas, rien d'officiel, il n'y a rien dans nos dossiers concernant Bertin ou sa famille. Ce qui nous intéresse ne doit avoir qu'un rapport indirect avec lui.

— Ça ne m'a pas l'air simple, mais je chercherai. Maintenant dites-moi ce que j'attends : de quoi est-il mort ?

— Il a été pendu.

— On est certain qu'il ne s'est pas pendu tout seul ?

— Certain. Il est mort vers minuit.

Simon ménagea son suspense.

— Quelqu'un, après sa mort, lui a planté un couteau à l'entrejambe.

Alix ne proposa même pas de partager le ticket des boissons. Elle était déjà sortie de la boulangerie.

28

Le jour baissait et le dos de Mallaury commençait à «siffler», comme il disait.

L'empilement de papiers qui décorait cette pièce minuscule témoignait des nombreuses recherches que Bertin avait dû effectuer à propos de son père: la pièce regorgeait de journaux français jaunis, datant de l'après-guerre. Plusieurs faisaient état de recherches de famille. Certains appels avaient été cerclés de rouge. Était-ce par Bertin ou même par sa mère? Gisèle avait-elle gardé longtemps l'espoir de voir revenir le beau blond aux yeux verts qui l'avait étreinte et lui avait laissé le petit Georges en souvenir?

Après la guerre, la presse genevoise avait publié de nombreuses lettres d'enfants français remerciant les familles suisses qui les avaient accueillis pendant le conflit, leur permettant ainsi d'échapper à bien des horreurs.

Il y avait aussi des bulletins de différentes associations d'anciens combattants, des textes chantant les louanges de ceux qui avaient vaillamment défendu leur patrie. À nouveau, Gisèle avait-elle cherché le contact par ce biais? Avait-elle appris de cette façon le décès de l'homme brièvement, mais tant aimé? En tout cas, on ne trouvait pas de trace du militaire. L'enquête que la mère ou le fils avaient pu mener ne débouchait apparemment sur rien de concret. Des papiers avaient été déchirés avec rage. Bertin avait certainement interrompu ses investigations avec beaucoup d'amertume. Il eût certes mieux accepté d'être orphelin, se sachant issu d'un héros.

Mallaury s'était un peu perdu dans les souvenirs de Bertin, emporté par la nostalgie des documents qu'il avait sous les yeux. S'ébrouant pour se réveiller un peu, il reprit le fil des pensées qui étaient les siennes en arrivant dans la pièce: trouver le mobile de l'assassin de Bertin.

Il avait mis un carton jauni de côté et décida de s'y attaquer avant d'aller manger. Une ficelle encerclait le tout. Il la fit sauter d'un coup de ciseaux et écarta délicatement les pans de la boîte. Celle-ci contenait quelques coupures de presse. Des papiers nettement moins défraîchis que les autres, parce que depuis très longtemps à l'abri de la lumière.

Les pages découpées l'avaient été dans *La Gazette* des années cinquante. Elles portaient presque toutes en majuscules les mentions DERNIÈRE HEURE et CHRONIQUE LOCALE. Aucun article important ne ressortait au premier coup d'œil.

Mallaury s'amusa alors à parcourir les annonces gastronomiques invitant le lecteur à déguster une bouillabaisse à la *brasserie Eaux-Vivienne* ou encore une raclette, « une vraie », chez *Marcelle*, rue de Lausanne. Les publicités portaient des numéros de téléphone à cinq chiffres ! Il retrouva avec délice le côté un peu naïf des lancements de films dans les grandes salles de l'époque. James Dean prenait un quart de page à lui tout seul pour annoncer la sortie d'un de ses derniers grands rôles.

Les faits divers constituaient une colonne discrète dans laquelle ils figuraient tous à la suite. Après plusieurs lectures, les yeux de Mallaury se fixèrent soudain sur un petit texte placé à côté d'une publicité pour *un vrai Frigidaire à l'intérieur en porcelaine*.

Le titre était banal : BAGARRE AU COUTEAU. Le fait divers était rédigé dans le style désuet de l'époque : Sans doute par suite d'une trop forte consommation d'alcool, quelques jeunes gens se sont battus hier soir à la Grand-Rue. Divers habitants, dérangés par les cris des garçons, ont alerté les agents du poste du Bourg-de-Four. Une fois sur les lieux, ceux-ci n'ont pu que constater la disparition des bagarreurs et la présence de quelques gouttes de sang sur les pavés. Le journal était daté du 14 juin 1957.

Dans une coupure d'un autre quotidien, peut-être *Le Léman*, Mallaury trouva mention de la bagarre, encore plus succinctement. Le rédacteur s'était borné à dénombrer les interventions de la police dans les différents quartiers de la ville et soulignait que les gendarmes avaient dû se déplacer trois fois vers la Vieille-Ville pendant la soirée. Le quartier n'est plus aussi paisible, disait le chroniqueur, puisqu'on y assiste même à des rixes que l'on n'aurait jamais imaginées il y a encore quelques années.

Était-ce simplement parce que ces articles parlaient de la Vieille-Ville qu'on les avait conservés ? Pourquoi Bertin avait-il gardé ces vieux journaux ? Pourquoi avoir caché tout cela dans un carton solidement ficelé ? Quel rapport cela avait-il avec lui ? Mais surtout, quel rapport cela pouvait-il avoir avec sa mort ?

Mallaury emportait tout le paquet pour l'étudier dans son bureau de Carl-Vogt lorsqu'un autre bout de papier en glissa et tomba. Encore un extrait de *La Gazette*, sans doute du 15 juin 1957, car on y lisait : *Nous avons parlé, dans nos éditions d'hier, d'une bagarre qui se serait déroulée dans la Vieille-Ville, devant le* Café des Antiquaires. *De source extra-policière, nous sommes aujourd'hui en mesure d'affirmer qu'il s'agissait d'une rixe d'origine raciste entre des étudiants d'extrême-droite et des militants anarchistes. La cause du conflit est encore inconnue des services de police qui recherchent toutefois des témoins de la scène. Un homme aurait été blessé dans l'échauffourée, et l'on se doute bien que la loi du silence s'est abattue sur ce triste événement. Quiconque peut apporter une information à la police est prié de se rendre au poste du Bourg-de-Four ou de téléphoner au numéro 24.32.00.*

Au dos de l'article, l'inspecteur découvrit une photo, collée à force d'avoir été pressée contre le papier. Les huit garçons figurant sur l'image avaient posé en plein fou rire, sans doute lors d'une sortie en montagne, car ils portaient tous un sac sur le dos. Six visages étaient marqués d'une croix. Le septième était inconnu de Mallaury, mais le huitième, celui de droite, était bien celui de Bertin. Aucun nom ne figurait au dos. Pas de date non plus. Le policier eut la curieuse impression d'avoir déjà vu cette photo dans un autre endroit. Contre un mur, peut-être? Ses yeux se fatiguaient et son estomac donnait des signes de faim. Il en avait assez fait pour aujourd'hui.

Il était presque minuit lorsque l'inspecteur quitta l'appartement de Bertin avec, sous le bras, il en était certain, le mobile du crime.

29

Alix s'engouffra dans l'entrée de *La Gazette*, si vite que la réceptionniste n'eut pas le temps de l'interpeller. Elle se leva et la suivit dans le couloir.

— J'ai plusieurs messages pour toi.

— Je n'ai pas le temps.

— Il y a notamment ta mère, elle a insisté pour…

— Je la rappellerai, c'est promis, mais là je ne peux pas.

— Et puis deux autres trucs : un certain Paul te rappellera, et puis… Bruno.

Alix sursauta. Bruno… il n'était plus réapparu depuis au moins deux mois. Et il fallait qu'il appelle justement aujourd'hui ! Son cœur se mit à cogner, et elle s'en voulait beaucoup.

Jacqueline était sûre de son effet. Alix revint sur ses pas pour prendre ses messages, histoire d'avoir le numéro de Bruno, qui en changeait tout le temps. La secrétaire connaissait les démêlés affectifs des trois quarts du personnel mais avait toujours le doigté de ne pas en parler.

Alix n'eut pas le temps de se mettre à rêver : son rédacteur en chef, fidèle à son habitude, avait bondi hors de son bureau, un peu hirsute, et la poursuivait à son tour, le doigt pointé en avant.

— Tu sais que tout le monde te cherches partout ? Tu te fous de ma gueule ?

— Au contraire, je bossais pour vous. J'ai du tout bon, tout sanguinolent.

Elle avait dit ça avec un petit sourire forcé. Le chef s'arrêta net.

— C'est quoi ?

— C'est bien un assassinat. En plus, le meurtrier a laissé son couteau dans les parties de Bertin.

— Non !? De bleu... Poignardé dans les couilles, ça ferait un bon titre, si on osait...

— On pourrait aussi dire : Tué par là où il avait péché !, ricana Alix.

Son chef n'était déjà plus là. Il avait rejoint le secrétaire de rédaction en charge de la première page afin de chambouler sa Une.

Alix s'installa devant son écran. Elle mit ses messages de côté – à regret – et nota sur un billet « Avant 1969 » pour penser à descendre aux archives quand elle en aurait le temps, comme promis à Simon.

Les archives ! Autant chercher une aiguille dans une botte de foin ! Celles du journal remplissaient deux ou trois caves sous le bâtiment. Simon n'avait pas donné de date précise et aucun indice solide pouvant faciliter ses recherches. Elle perdrait son temps, c'était certain.

Elle essaya de faire le vide et se mit à écrire. Avec le temps, elle rédigeait ce genre de papier « à chaud » avec une certaine facilité. Dans le cas présent, tout était dit quand on avait parlé du coup de couteau. Ce n'était pas long. Or, on ne peut pas mettre en Une et à l'affiche un sujet de dix lignes. Alix brodait un peu autour de toute cette histoire quand elle se rappela qu'un certain Paul avait cherché à la joindre. Et si c'était l'homme mystérieux ? Elle récupéra le billet, n'y trouva aucun numéro. Toujours aussi prudent.

Comme mue par transmission de pensée, la sonnerie du téléphone retentit à ce moment précis. Alix arracha littéralement l'écouteur, persuadée que Bruno serait au bout du fil. Ce n'était pas lui. La déception d'Alix fit rapidement place à de l'excitation lorsqu'elle reconnut la voix de l'homme du *Moulin-Rouge*. Il voulait prendre de ses nouvelles, savoir comment l'enquête avançait.

Quand Alix exigea de le rencontrer sur l'heure, l'homme distingué se fit plus froid. Il devait être de ceux qui aiment dicter les règles du jeu. Non, il lui était strictement impossible de voir Alix maintenant, il n'était pas seul et ne souhaitait pas que ses amis sachent qu'il avait contacté la presse.

Alix attaqua :

— Savez-vous que Bertin, en fait, a été poignardé ?

— …

— Vous comprenez que j'ai besoin de vous ? Vous êtes le seul qui puisse me parler de son passé. Il ne s'est pas pendu ! On l'a assassiné ! Si vous aimiez votre ami, vous lui devez ça !

L'homme hésita. Les révélations de la journaliste l'avaient décontenancé. Alix sentait qu'il réfléchissait. Finalement, il dit brièvement et d'une voix blanche :

— Demain, 15h, au *Consulat*.

Et il raccrocha. Sans comprendre ce brusque changement d'attitude, Alix se précipita au standard. Jacqueline, une fois de plus, avait tout deviné et réagi comme Alix l'avait souhaité. Elle avait déjà recopié sur un papier le numéro appelant qui était apparu sur le central téléphonique. Reconnaissante, Alix passa son bras autour du cou de sa collègue, l'embrassa sur la joue et partit en courant avec le numéro de « Paul » serré dans sa main.

Elle refit dix fois, vingt fois les sept chiffres. Sans résultat. Il avait dû décrocher, car la ligne sonna occupé jusqu'en fin de soirée. Pour l'édition en cours, elle devrait se contenter du peu qu'elle avait. Demain matin, au Bourg-de-Four, elle arriverait bien à tirer les vers du nez à cet étrange « Paul ». Elle plia précieusement le numéro de téléphone et le mit dans sa poche. Inutile d'alerter Simon pour si peu.

30

Le corps de Marie-Claire Drouet fut retrouvé le lendemain à l'aube dans les bois de Jussy. Overdose de barbituriques. On était déjà au milieu de la matinée quand les agents firent le rapprochement avec la femme que la Sûreté recherchait discrètement depuis quelques jours et alertèrent le service de Simon.

L'immense forêt bordant le nord-est du canton de Genève est de toute beauté. Paradis des pique-niqueurs, des familles en balades et des chiens en mal de sprints et de sauts de ruisseaux, elle offre l'été un terrain idéal de loisirs pour tous. De nombreux cavaliers venant du ranch voisin de *La Renfile* arpentent les allées principales tout au long de l'année.

L'hiver et la nuit, les bois de Jussy sont nettement moins accueillants. Dans ce véritable labyrinthe de sentiers minuscules, le nouveau venu se perdra à coup sûr. Terre oubliée, la forêt de Jussy a caché bien des malheurs et de nombreux suicides.

Marie-Claire avait choisi ce lieu secret comme elle pour enfinir avec la vie. Fidèle à son image, elle était allée mourir seule, loin de tout. Une cavalière matinale avait découvert son cadavre.

L'ancienne politicienne n'était pas belle à voir. Les premières observations permettaient de situer la mort dans la nuit de dimanche à lundi, soit peu après le décès de Bertin. Habillée d'un simple survêtement, elle s'était apparemment installée au milieu des fourrés avant d'avaler les médicaments dont les emballages avaient été retrouvés autour d'elle. Il y avait dans son sac une lettre griffonnée sous le coup de l'émotion. Elle était destinée à son frère.

Simon se retrouva face à Charles Drouet. Le malheureux sanglotait en martelant un muret de sa main gantée. «Le salaud! Le salaud!» Simon respectait la peine de cet homme et n'avait pas l'intention de le brusquer. Ce fut Charles Drouet qui précipita les choses en remettant au commissaire la lettre laissée par Marie-Claire.

Cette fois, je n'en peux plus, avait écrit la morte. *J'ai tout essayé, je n'ai jamais réussi à être quelqu'un. Pas même une femme politique, à défaut d'être une femme tout court. Georges Bertin m'a porté l'estocade. Ce salaud a gagné. Je sais très bien qu'il ricanera en apprenant ma mort, qu'il me trouvera ridicule, une fois de plus.*

J'aimerais que quelqu'un atténue sa victoire. Il n'a été que la goutte d'eau qui a fait déborder le vase. Je ne voudrais pas que mon suicide gonfle encore son orgueil, car il serait capable de tirer une gloire de mes malheurs. J'aimerais qu'on lui dise qu'il ne vaut pas une mort.

Je sais, Charles, que tu aurais voulu le tuer. Depuis longtemps. Moi aussi, je peux te l'avouer maintenant. Mais ces hommes-là ont une chance indécente, et il nous enterrera tous. Il ne faut pas que tu lui en veuilles, cela reviendrait à lui accorder une certaine importance. Méprise-le, ça suffira.

Mon cher petit frère, tu es sans aucun doute l'être que j'ai le plus aimé. Je suis consciente de te trahir et de te faire du mal. Pardonne-moi, je t'abandonne, mais je n'en peux plus. Adieu.

Simon s'imagina un instant recevoir un tel billet de Mone. Des larmes lui brûlèrent les paupières, et il tourna le dos à Drouet.

Après quelques instants, il fit à nouveau face au pauvre garçon qui se mouchait comme un enfant.

— Monsieur Drouet, quand avez-vous vu votre sœur pour la dernière fois?

— Dimanche soir, Commissaire, nous avions passé toute la soirée ensemble. Je l'ai raccompagnée chez elle vers 23h30.

— Vous êtes rentré chez vous ensuite?

— Non, Commissaire. Marie-Claire a d'ailleurs dû me chercher… (Il sanglota à nouveau. Simon attendit.) J'ai une amie, depuis quelque temps. Je n'avais encore rien dit à ma sœur. Elle était très sensible à ce sujet, car elle voulait absolument me marier. Je n'osais pas lui présenter mes amies de peur qu'elle n'organise les fiançailles avant l'heure. Alors, dimanche, elle ne le savait pas, mais j'étais avec une femme.

— Dont vous allez me donner les coordonnées.

— Bien sûr, Commissaire. Que croyez-vous…? Oh! Bien sûr! Je suis suspect, c'est ça?

— Monsieur Drouet, comprenez-moi. Vous avez un mobile parfait.

— Bien sûr. Mais je ne l'ai pas tué, Commissaire. Je crois même que je n'en aurais pas eu le courage. Pourtant, je le haïssais. Marie-Claire l'avait bien compris.

— Étiez-vous membre d'un groupuscule d'extrême-droite quand vous étiez adolescent?

— Si vous me le demandez, c'est que vous connaissez déjà la vérité, Commissaire.

— Aviez-vous connu Bertin à cette époque?

— Oui, Commissaire, mais il n'était pas du même bord. Du moins, pas encore. Il ne tenta sa chance parmi nous que quelques années plus tard. Avant de se rendre compte que nous étions trop durs pour lui.

— Vous avez toujours les mêmes convictions?

— Oui, mais aujourd'hui elles ne sont que personnelles. Je ne milite plus au sein d'aucun groupement. J'ai préféré depuis longtemps partager le combat de ma sœur.

— Et vous avez retrouvé Bertin sur votre route.

— Exactement. Il est des hommes qui sont de véritables plaies pour la société. Il était de ceux-là.

— Il fallait donc l'éliminer…

— Vous avez raison d'insister, mais je vous l'ai dit: je n'ai pas tué Bertin. J'aurais eu l'impression de me salir les mains.

— Vous allez pourtant rester avec moi, le temps qu'un de mes inspecteurs vérifie votre alibi.

— Comme vous voudrez, Commissaire. J'ai la conscience propre.

31

«Paul» intriguait Alix. Par les Renseignements, elle obtint plus de précisions. Un certain Paul d'Entremont habitait rue Saint-Léger, exactement dans l'angle de l'immeuble surplombant le *Café du Consulat*.

Elle ne résista pas à la curiosité de s'y rendre avant l'heure du rendez-vous.

Alix s'étonna, en regardant la façade de l'étroite maison, que d'Entremont ne demeurât point dans un hôtel particulier, comme sa tenue et ses manières l'auraient laissé entendre. Mais l'extérieur de l'immeuble ne signifiait peut-être rien. Elle pénétra dans l'allée et fut surprise qu'elle soit aussi minuscule. Seules trois boîtes aux lettres s'y empilaient pour laisser la place à la rambarde d'un escalier en colimaçon qui se lançait à l'assaut des étages.

Il fallait disposer d'un organisme en pleine forme pour pouvoir vivre dans une maison pareille ! Les marches étaient d'un autre temps et d'une hauteur à défier tous les standards de l'architecture actuelle. « Casse-gueule », dirait-on en bon genevois. Alix monta jusqu'au troisième.

Il n'y avait qu'un nom sur la boîte aux lettres de d'Entremont. Ce n'était pas normal. Cet homme portait une alliance et avait, croyait-elle, parlé de son épouse à plus d'une reprise. Les points d'interrogation devenaient décidément légion dans ce dossier.

Il était 14h30, et l'odeur des poubelles n'avait pas encore quitté le petit immeuble.

Arrivée sur le palier de son informateur, elle réalisa que la maison ne comptait qu'un logement par étage. Était-il possible qu'un homme si bien habitât un endroit si exigu ?

Alix frappa énergiquement à la porte. Elle entendit un gros bruit venant de l'intérieur, comme quelque chose que l'on renverse.

— Qui est là ? demanda d'Entremont d'un ton hargneux.

— Excusez-moi, c'est Alix Beauchamps. Je suis un peu en avance…

— Je vous ai donné rendez-vous au *Consulat* ! grogna encore l'homme.

— En effet. Mais je pensais…

La porte s'ouvrit à la volée. Paul d'Entremont surgit et referma la porte derrière lui. Le mouvement fut si rapide qu'Alix ne fit qu'entrevoir l'intérieur de la pièce. Elle n'eut pas le temps d'analyser ce que ses yeux avaient capté que d'Entremont, débordant d'énergie, la propulsait déjà dans l'escalier. Elle n'eut pas plus le temps de réaliser ce qui lui arrivait qu'elle était déjà de retour au premier étage.

Arrivé là, l'homme s'était repris. Sur le trottoir, il avait retrouvé ses manières galantes de l'avant-veille. C'est plein de courtoisie qu'il guida Alix vers le *Consulat* et entra devant elle dans l'établissement.

32

Depuis le matin, Mallaury et Calame avaient ressorti les archives. Pour cela, ils avaient plongé dans les entrailles de la maison, et leurs doigts s'étaient empoussiérés. Avec une grosse tache noire au bout du nez, Calame releva la tête des papiers qu'il étudiait.

— Je ne trouve pas trace de Bertin parmi les anarchistes fichés chez nous.

— Non, j'ai l'impression que c'étaient des anars « à la petite semaine », répondit Mallaury. Il y en avait beaucoup en ce temps-là qui affichaient des convictions mais celles-ci ne dépassaient pas le seuil du bistrot.

— Côté extrême-droite, on a déjà plus de monde, releva Calame. Et notamment Drouet, le frangin. Mais ça, on le savait déjà. Il ne s'en est jamais tellement caché. On en avait entendu parler quand sa sœur s'est présentée aux élections la première fois. Cela lui avait fait beaucoup de tort. On n'aime pas trop ça. Depuis les années trente, les héritiers de Géo Oltramare foutent la trouille aux Genevois. À certaines périodes, on s'est beaucoup moins méfié des enfants de Trotski ou de Bakounine.

— Tu veux dire les communistes et les anars ?

— Ben oui… (Calame semblait surpris que Mallaury ait besoin de préciser.)

— Dis donc ! T'as des lettres ! Je ne te savais pas si érudit !

— C'est ça, fous-toi de moi ! Je me suis toujours intéressé à l'histoire de Genève, tu le sais très bien.

— Je sais, tempéra Mallaury. Je t'admire, d'ailleurs. Ce n'est pas par hasard que c'est à toi que le patron confie toujours des trucs politico-compliqués…

Calame grommela en souriant qu'il n'était pas payé pour animer le service, et les choses en restèrent là.

Les heures passaient, et les deux inspecteurs n'avaient toujours pas retrouvé la trace d'une quelconque bagarre ayant débouché sur une plainte ou, mieux, une amende. S'il s'était passé quelque chose devant le *Café des Antiquaires*, ce soir du 13 juin 1957, ce n'était pas par les rapports de police qu'on l'apprendrait.

D'habitude, les morts ont un entourage, une famille, des employés, enfin différents êtres humains qui connaissent tous un petit bout de l'existence du défunt. Par recoupement, la police parvient très souvent à recomposer le puzzle. Souvent, cette reconstitution fait la lumière sur un mobile conduisant finalement à l'assassin. Pour Georges Bertin, c'était différent. Les quelques rares individus faisant partie de sa sphère intime n'avaient aucune connexion entre eux. Bertin qui rêvait de célébrité et de pouvoir avait été l'homme le plus secret et le plus seul du monde. Simon et ses hommes jouaient vraiment de malchance.

Quand Mallaury et Calame dressèrent le bilan négatif de leurs recherches devant le commissaire Simon, celui-ci fuma de plus belle. Dans très peu de temps, les instances supérieures de la police, le Département d'État et tout le pouvoir politique se tourneraient vers lui, le montreraient du doigt, et il serait obligé de faire son mea culpa. De quoi tuer sa carrière. En fait, il se fichait bien de la légion d'honneur qu'il ne recevrait pas puisqu'elle n'existait pas en Suisse, mais c'était surtout son orgueil qui en prenait un coup. Jamais encore, il n'avait eu affaire à un dossier si important et si maigre.

Il téléphona à sa sœur et s'invita à manger pour le soir. Il avait besoin d'oxygène.

33

En le surprenant chez lui, Alix n'avait pas laissé à Paul d'Entremont le temps d'installer son masque. Il n'était pas tout à fait prêt pour cet entretien. Il gagna du temps en la laissant seule à table pour aller aux toilettes. Une fois revenu, il ne parla pas avant de passer la commande et engagea une conversation anodine avec un commerçant d'en face qui venait boire son café.

Alix souriait discrètement devant tant d'inventivité. Il pouvait toujours essayer de se défiler, elle était décidée à conduire son interview. Il ne fallait pas qu'il vienne la chercher l'autre jour ! Maintenant, elle le tenait, tant pis pour lui.

— Monsieur d'Entremont, commença-t-elle doucement. Que se passe-t-il ? Je vous ai connu plus calme.

— Ma chère, je vous présente mes excuses.

Il essayait de se rattraper, mais des gouttes de sueur perlaient sur son visage.

— J'ai eu quelques problèmes personnels ces derniers jours, qui m'ont terriblement perturbé. Laissez-moi avaler mon café et je vous promets d'avoir les idées plus claires.

Comme si elle n'avait rien entendu, Alix continua, lentement.

— Je vous ai parlé du poignard planté dans les parties de Bertin ?

Il s'étouffa presque, le nez dans sa tasse, mais ne répondit rien. Elle avait vu juste : il n'avait pas lu le journal du matin. Elle flairait la bonne piste. Alix devenait un pitbull dans ces cas-là.

— Pourquoi réagissez-vous comme ça ?

Paul d'Entremont posa sa tasse et se pencha vers Alix.

— Vous êtes sans doute plus endurcie que moi à ce genre de détails, Mademoiselle. En tant qu'homme, c'est une précision qui génère en moi comme… un malaise. L'idée seule me fait mal. Comment peut-on faire cela ?

— Je pense qu'il n'y a pas que cette image qui vous ait choqué. N'y a-t-il pas autre chose, que vous me cachez depuis le début ? Depuis que je vous ai parlé de coup de couteau, vous n'êtes plus le même. Cette histoire n'en ressusciterait-elle pas une autre ? (D'Entremont restait silencieux. Alix tapa du poing sur la table.) Il s'était passé quelque chose de violent dans la vie de Bertin. Vous devez le savoir ! Vous devez me le dire, sinon je donne votre adresse à la police. Ils auront des moyens différents de vous arracher la vérité !

Alix resta figée, le poing abattu sur la table, les yeux rivés à ceux de l'ami de Bertin. Il mit du temps à parler. Comme celui qui, en plein hiver, hésite à plonger dans le lac, tout en se disant qu'il sera beaucoup mieux une fois dedans. D'Entremont avait quelque chose à dire, et c'était à elle qu'il devait le dire, elle n'en démordrait pas !

Il commanda deux nouveaux cafés sans demander son avis à Alix. Il prit d'autorité une cigarette dans le paquet de la journaliste, l'alluma avec son briquet et inspira violemment la fumée. Alix l'observait. Elle avait appris à rester impassible, même face au plus farfelu de ses interlocuteurs.

Cette attitude avait toujours été payante. En général, les gens coincés finissaient par se confier. Paul d'Entremont avait déjà perdu pied, au téléphone hier soir et tout à l'heure sur le seuil de sa porte. Il allait tout lui dire. Elle le savait. Discrètement, elle regardait l'horloge neuchâteloise installée contre le mur d'en face. Son rédacteur en chef n'aboierait pas à son retour, elle l'avait prévenu en partant qu'elle était « sur un coup ».

Comme elle s'y attendait, d'Entremont commença son récit au bout de quelques minutes. Il parlait très doucement, mais suffisamment pour qu'elle puisse entendre.

— Georges m'avait fait jurer de ne jamais rien dire à personne. Au nom de notre amitié depuis l'enfance, j'avais promis. Vous me forcez à trahir mon serment. Ce pauvre Georges est à peine froid... Mais il faut que vous sachiez pourquoi cette histoire de couteau me déstabilise complètement. Je vais vous dire pourquoi j'ai très peur, mais il va vous falloir beaucoup de patience.

— J'en ai énormément, précisa Alix qui bouillonnait intérieurement.

— Je vous ai parlé de la Vieille-Ville et du *Café des Antiquaires*. C'est là que tout a commencé. Georges était le seul d'entre nous à vivre chez sa mère. Il était très rare qu'un gosse de pauvre habite en famille dans la Vieille-Ville. Grâce à sa marraine qui était très riche, sa mère et lui logeaient dans un magnifique appartement de la rue des Granges, celui qu'il a gardé toute sa vie. Nous autres vivions de presque rien dans des chambres que nous louions pour quelques sous et qui disposaient de très peu de confort. Souvent, nous partagions une piaule à deux ou trois.

« Bertin se sentait un peu privilégié. Quand il le pouvait, l'hiver, il prêtait une petite chambrette qu'ils avaient sous les toits à l'un ou l'autre d'entre nous. Ces derniers temps, il y avait mis sa bonne. À l'époque, un vrai lit dans une maison chauffée, c'était un luxe. Georges était comme ça, généreux, soucieux du bonheur des autres. Un peu trop tendre, sûrement. Il a bien fait de se reprendre en main par la suite.

« Il se voulait le chantre de l'égalité et de la tolérance. L'anarchie le tentait ; il disait qu'en recommençant à zéro, la société serait plus équitable. Quand il rencontra Sammy, qui était noir, saxophoniste de jazz et pauvre comme Job, Georges trouva sa vocation : la justice. C'est sans doute là qu'il a décidé de devenir avocat.

« Sammy avait beau être genevois, il n'en était pas moins noir. Il se faisait souvent apostropher quand nous quittions "nos" coins. Bertin ne le supportait pas. Il voulait toujours défendre Sammy et l'a finalement payé très cher.

« Un soir, nous étions chez Jonas, aux *Antiquaires*, comme d'habitude. Sammy n'était pas bien et il a décidé de rentrer se coucher tôt. Nous l'avons laissé partir en plaisantant. Parmi nos éclats de rire, nous n'avons pas tout de suite entendu les cris qu'il poussait dans la rue, de l'autre côté de la porte. Nous avons bondi dehors : il était aux prises avec une équipe de fachos, montés au Village pour chercher la bagarre. La partie n'était pas égale, nous étions moins nombreux et pas armés. Eux si. Ils avaient des couteaux. Nous étions en juin, il faisait assez clair. Pourtant, je ne parvins pas à voir celui qui enfonça son arme dans la cuisse de Georges. Il hurla, provoquant leur fuite. Georges était à terre, il saignait comme un bœuf. On n'a pas osé entrer chez Jonas. Avec Sammy, on a empoigné Bertin et on a couru jusque chez le docteur Gaston qui avait son cabinet tout près de là.

« Il est parvenu à stopper l'hémorragie. Georges n'a jamais voulu qu'on le conduise à l'hôpital. Quelque temps après, il me confia l'horrible nouvelle : le couteau avait sectionné une zone délicate et il ne pourrait jamais avoir d'enfants. Rien ne disait alors qu'il ne resterait pas impuissant toute sa vie. »

Paul d'Entremont pleurait en terminant son récit de la même voix douce qu'il avait au début. Il essuya son visage avec son mouchoir. Alix avait tout noté, mais parvenait à peine à réaliser l'ampleur de ce qu'elle venait d'entendre. L'émotion était très forte. Dans le bistrot, il n'y avait que le serveur qui avait sûrement tout entendu. Discrètement, il avait posé deux nouveaux cafés sur la table sans rien demander. Après un long silence, Alix reprit :

— Mais pourquoi n'a-t-il jamais déposé plainte ?

— Il aurait dû reconnaître publiquement son infirmité et ne l'aurait jamais supporté.

— Aucun d'entre vous n'a eu le courage d'aller en parler à la police?

— Non. Sammy a quitté Genève quelque temps plus tard. Il est mort, il y a déjà longtemps. Georges m'avait fait jurer de ne rien dire. J'ai respecté ma parole, il était comme mon frère, je l'aimais, je ne pouvais pas faire autrement!

Alix gribouillait sur sa feuille, réfléchissant à ce qu'elle venait d'entendre. Elle comprenait mieux pourquoi sa description du cadavre de Bertin avait perturbé d'Entremont.

— Le coup de poignard final vous a rappelé celui-là, osa-t-elle demander à d'Entremont qui fixait la table comme s'il voyait un film se dérouler sur sa surface.

— Non, c'est pire que ça. C'est un avertissement, et cela me fait très peur.

— Je ne comprends pas…

— Bertin n'avait pas déposé plainte, mais il n'avait pas passé l'éponge pour autant. Il avait juré de retrouver le type. Depuis 1957, il a tout fait pour remettre la main dessus. Ces derniers temps, il était très excité. Je crois qu'il avait retrouvé le coupable. Celui-ci avait une belle situation et se gardait bien de revendiquer son ancienne appartenance à l'extrême-droite. Encore moins la bagarre raciste. Quant au coup de couteau, on ne sait même pas s'il s'était rendu compte de l'avoir donné. Georges m'avait dit qu'il déballerait tout, une fois qu'il serait élu, et que l'autre et son entourage le payeraient très cher. Je viens de réaliser que Bertin a payé avant lui. Le coup de couteau est une signature, à mon avis. Et si le meurtrier de Georges se doute que je sais qui il est, mon heure n'est pas loin. Nos destins ont toujours été liés. On s'était même dit qu'on mourrait en même temps pour découvrir ensemble le paradis.

Le cynisme de cette dernière phrase lui arracha un sourire. Il se brûla la bouche en avalant une énorme gorgée de café. Paul d'Entremont avait perdu sa superbe. Il était comme une bête aux aguets. Alix, tout en étant fascinée par une histoire pareille, ressentait là-dedans comme une fausse note. Pourtant, tout se tenait dans cet incroyable récit.

Alix se voyait déjà en train d'écrire la folle bagarre, la fuite, et surtout la recherche du coupable de 1957 qui était sans doute aujourd'hui devenu un meurtrier.

— Qu'allez-vous faire à présent?

— Partir, me cacher, je ne sais pas. Disparaître, sûrement.

— Mais votre femme, votre travail…

Il regarda Alix avec un mouvement de tête plein de tendresse comme pour dire: «Vous êtes gentille, mais vous n'avez rien compris.» Il jeta un billet de 20 francs sur la table, pris le paquet de cigarettes d'Alix, son briquet, se leva et disparut. Elle n'eut le temps de rien dire.

34

Vincent, le chef de la police, avait appelé à l'aube. Saint-Ours lui avait laissé un message peu aimable. Différents journalistes avaient demandé qu'il les rappelle.

Norbert Simon tambourinait la surface de son bureau avec les deux poings. Quatre de ses hommes étaient autour de lui. Tous avaient lu *La Gazette* et s'étaient préparés à une tornade d'injures dans le bureau du commissaire. Ils étaient encore en dessous de la vérité. Simon n'était plus lui-même. S'il n'avait pas reçu de son père une éducation calviniste qui le poussait plus à la maîtrise de soi et au « n'ayons l'air de rien », il aurait déjà pris sa voiture et enfoncé la porte de l'appartement de cette petite garce de Beauchamps.

Elle avait de la chance qu'il ne sache pas où elle habitait, sinon, il y serait déjà. «Me faire ça! Salope! Elle s'est bien foutue de moi!»

L'article de *La Gazette*, disait-on en Une du journal, avait été rédigé «à partir d'archives maison». Simon savait que ce n'était pas vrai. Ses hommes avaient cherché partout. Elle avait revu le cinglé, le copain de Bertin. «Tu parles d'un ami! Bertin à peine mort, le voilà qui le démolit, le ridiculise! Et cette petite conne qui lui emboîte le pas! Et nous voilà maintenant avec un ancien pseudo SS à rechercher parmi les notables! Parce que c'est la leçon, si j'ai bien compris? C'est une gamine gratte-papier qui me dit ce que je dois faire, c'est ça?»

Les inspecteurs ne riaient pas, comme ils l'auraient fait pour une colère plus courante de leur chef. Ils avaient l'impression d'être dépassés.

Le téléphone se mit à sonner. Calame répondit vite, de peur que Simon n'arrache la moitié de l'appareil. C'était Irène. Il pensa qu'il valait mieux lui passer Simon.

— Qu'est-ce que c'est que cette histoire d'impuissance? C'est toi, minet, qui a raconté ce truc?

— Fous-moi la paix! Si tu appelles pour te foutre de moi, casse-toi!

— Ho hé! Calme, mec. T'es bien nerveux! Je voulais juste te dire que Bertin n'avait rien en moins que les autres et qu'il n'était pas impuissant. Rapide, peut-être, mais normal. Et je jurerais qu'il n'avait aucune cicatrice.

Elle raccrocha avant qu'il ne réponde. Cela fit l'effet d'une douche froide sur Simon. Il fit signe à un des inspecteurs d'appeler le légiste. Le seul qui pourrait dire de manière infaillible si les propos de *La Gazette* tenaient ou non la route.

Il fit ensuite le numéro de Catherine. Malgré son état, il ne put s'empêcher de s'adoucir en entendant la voix de la première femme de Bertin. Il se fit confirmer par elle que le Conseiller d'État était sexuellement normal. «Je ne saurai jamais s'il était stérile, précisa Catherine, mais il était normal.»

De son côté, Mallaury ne parvenait pas à joindre Alix par téléphone. Simon se leva, prit sa veste et sortit, Calame et Mallaury à sa suite. Il allait à la rédaction de *La Gazette* et n'en partirait pas tant qu'Alix ne lui aurait pas parlé.

35

Il n'aurait jamais dû donner ce coup de couteau. Le reste aurait pu passer pour un suicide. Mais cela avait été plus fort que lui. Il allait repartir, Bertin se balançait déjà sous son marronnier quand, soudain, une rage impossible à maîtriser s'était emparée de lui. Il avait fait demi-tour et avait sorti son couteau. «Comme au bon vieux temps hein, mon vieux Georges!», avait-il crié, au risque de se faire repérer, et il avait planté l'arme entre les jambes du mort.

Maintenant, avec cet article de *La Gazette*, il y aurait une enquête approfondie qui finirait sans doute par mener jusqu'à lui. Qu'est-ce qui lui était passé par la tête?

Tant pis, il fallait réagir, les empêcher de l'atteindre. Cela faisait trente-deux ans qu'il feintait, il parviendrait bien à brouiller les pistes encore une fois… Même si maintenant, il n'avait plus grand-chose à perdre.

Une vie comme la sienne devait finir en feu d'artifice, pas derrière les murs d'une cellule. Ils s'en souviendraient tous pendant un moment ! Il avait tout prévu : les montagnes de papiers étaient prêtes, les bonbonnes de gaz aussi, et il avait même un briquet. Il fallait simplement choisir le moment propice, avaler les somnifères en s'assurant que la mise à feu serait automatique.

Il avait encore largement le temps de tout mettre en place. Le feu d'artifice allait être magnifique.

36

Le rédacteur en chef ne put qu'obtempérer, Simon ayant failli enfoncer la porte de son bureau… Alix allait arriver d'un moment à l'autre. Chaque fois qu'il essayait d'amorcer une discussion, le rédacteur en chef se faisait rabrouer. « Nous allons voir ce qu'elle dira », rétorquait le commissaire. « Puisqu'elle est plus maligne que moi, elle va aller arrêter le meurtrier… Je ne la lâcherai pas. Se foutre de moi à ce point ! »

Pendant que le commissaire maugréait, le rédacteur en chef tentait quelques remarques sur la liberté de la presse, le droit de savoir, bref, toutes les imbécillités que disent les journalistes quand ils ne savent plus comment justifier leurs bêtises. Le policier n'en avait cure.

La sonnette retentit, et le chef appuya sur le bouton qui afficherait entrez sur le voyant extérieur de la porte. Alix pénétra dans le bureau et sourit largement en voyant Simon. Mais sa bouche se figea quand elle vit le regard du policier et qu'elle comprit qu'il n'était pas là pour lui offrir des fleurs.

— Vous vous êtes foutue de moi, commença-t-il. Vous aviez promis de m'appeler si vous aviez ce type au téléphone. Vous n'en avez rien fait! En plus, vous l'avez à nouveau rencontré!

— Faux, mentit Alix.

— Vrai, reprit Simon. Vous prétendez construire votre article sur les archives de votre journal, archives que vous deviez rechercher pour moi, soit dit en passant. Mais vous n'avez pas pu écrire tout ça en vous basant sur quelques lignes. Car cette histoire de juin 1957 ne remplissait que quelques lignes dans vos colonnes, et vous devez le savoir comme moi. C'est ce type qui vous a rancardée, toujours le même! Vous feriez bien de me dire où je peux le trouver et arrêter de me bassiner avec votre protection des sources et toutes ces conneries.

Simon avait pris son élan. Il partit dans une diatribe qui n'en finissait plus, sur l'honnêteté, l'éthique et la couardise désormais prouvée des gens de presse «qui se croient toujours plus forts que tout le monde». Les deux inspecteurs inspirèrent fortement à la fin de la tirade, comme pour suppléer au manque d'oxygène dont devait souffrir Simon après un tel effort.

Le rédacteur en chef, homme de médias mais bon citoyen respectueux des institutions, n'avait pu s'empêcher d'opiner à plusieurs reprises, glissant des regards en biais à Alix, qui ne bronchait pas. Quand Simon se rassit en demandant ce qu'elle comptait faire à présent pour se racheter, elle s'avança vers lui en fouillant dans son sac.

— Vous avez raison, je n'ai pas tout vérifié. J'ai les coordonnées de celui qui a soigné Bertin en 1957. (Elle s'arrêta quelques instants pour savourer sa victoire. Puis reprit:) Je ne suis pas encore allée le voir. C'est mon témoin qui m'a donné son nom.

Elle sortit de son sac un bout de papier avec un nom et une adresse: Docteur Gaston, Grand-Rue, qu'elle colla sous le nez du commissaire. Calame admira le calme de la journaliste face à la rage de Simon. Il saisit le papier que celui-ci ne daignait apparemment pas attraper.

— Tout ce que j'ai écrit est juste, poursuivit Alix. Cet homme devrait pouvoir nous le confirmer. Et puis encore une chose: je ne vous devais rien. Vous n'êtes absolument pas assez aimable pour ça.

— «Nous» le confirmer? Ça veut dire quoi?

— Que nous allons aller le voir ensemble.

Calame et Mallaury s'attendaient à ce que Simon explose face à l'audace de la jeune femme. Le commissaire n'en fit rien. Il passa son manteau et dit simplement « Allons-y ! ». Le rédacteur en chef vit ressortir toute l'équipe avec autant d'effarement qu'il avait suivi la discussion. La jolie journaliste aux boucles rousses était décidément un sacré petit bout de femme.

Dommage qu'elle soit si froide. Cette attitude la mettait au niveau du commissaire Simon. Quel drôle de type, féroce un instant et puis docile comme un agneau deux minutes plus tard ! Si ces deux-là continuaient à rivaliser de la sorte, la fin de l'affaire promettait d'être animée…

37

L'enterrement était prévu au centre funéraire de Saint-Georges à 15h. Il y aurait la moitié de la République sur place, venue pleurer un homme que personne ne regretterait. Un comble ! Il aurait droit à tous les honneurs, aux discours, aux gerbes de fleurs. Tout cela coûterait un maximum à tout le monde ! Pour une ordure, qui n'avait rien respecté sauf lui-même !

Non, il n'irait pas.

D'abord, l'idée l'avait tenté. Il y avait sa place, comme les autres. Il aurait pu observer l'hypocrisie de très près, s'amuser de l'ennui qui allait se peindre sur les visages à l'évocation de Georges Bertin. Mais finalement non, il n'irait pas.

Il avait un événement beaucoup plus spectaculaire à préparer. Et l'envie lui prit de voler la vedette à Bertin. Pour une fois, une dernière fois…

38

Le docteur Gaston n'entendait plus très bien. Il ne devait plus voir très clair non plus, car il se contentait chez lui d'une petite lampe à abat-jour de dentelle qui offrait au maximum 40 watts d'éclairage. L'appartement donnait plein nord, sur la Grand-Rue. Bien qu'audacieusement construit sur trois niveaux, il s'était fondu avec le temps parmi les murs gris et n'impressionnait plus. Un décorateur de bon goût en aurait tiré une merveille, se dit Mallaury qui savait apprécier l'architecture et les intérieurs de qualité. Mais le policier pensa aussitôt au loyer après réfection : l'appartement atteindrait certainement un prix scandaleux comme la plupart des logements en Vieille-Ville.

Le médecin à la retraite mit un long moment à comprendre ce que lui voulaient Alix et les policiers. Finalement, le docteur Gaston ouvrit sa porte en grand et les précéda vers le salon. Il avait toujours vécu ici, expliquait-il. On voyait encore la porte qui menait autrefois à son cabinet médical, aujourd'hui séparé du logement, restauré et loué à un jeune pianiste très discret, il ne l'entendait jamais.

Chacun respecta la lenteur du vieux médecin. Personne n'avait intérêt à le bousculer. Il ne devait pas recevoir beaucoup de visites et l'occasion de parler se faisait rare. Il en profitait. En s'asseyant dans son fauteuil, il demanda enfin au commissaire la raison de sa visite. Simon et Alix, à tour de rôle, racontèrent ce qu'ils savaient de la bagarre de 1957, espérant que le docteur s'en souviendrait. Il restait immobile. Simon broyait du noir : leur déplacement serait inutile, le docteur Gaston ne se souvenait de rien. Mais soudain, le vieux monsieur se mit à parler.

— Oui, oui, oui. Cette terrible histoire… Ma pauvre femme était encore de ce monde et elle m'avait assez engueulé d'avoir ouvert la porte si tard à des inconnus. C'est que le quartier n'était déjà plus aussi sûr qu'auparavant… mais ça ne vous intéresse pas. Oui, je me souviens de ce blessé. Un sale truc. Le pauvre garçon n'a sans doute jamais été le père de ses enfants. Et peut-être l'amant de personne non plus.

— La blessure était-elle grave à ce point?

— Profonde, oui. Je me suis fâché, j'ai voulu les envoyer à l'hôpital, ils n'ont jamais accepté. Alors, je l'ai soigné du mieux que j'ai pu. C'était terrible, il délirait un peu et disait qu'il avait reçu ce coup d'un de ses frères. Il n'est parvenu à me dire son nom que dans un moment de lucidité.

— Quel nom?

Simon était tendu.

— Eh bien Bertin, comme vous le savez sans doute aujourd'hui, Georges Bertin. Le pendu de l'autre jour. Quand mon fils est venu me lire un peu le journal, je n'en ai pas cru mes oreilles. J'ai suivi sa carrière de très loin et je pensais à ce drame chaque fois que Bertin apparaissait quelque part. C'était lourd à porter. Je suis presque soulagé de vous en avoir parlé, il y a trente-deux ans que je garde ce secret. J'ai toujours pensé qu'il aurait été mieux soigné à l'hôpital, que je n'avais pas fait le maximum pour ce garçon. Mais en même temps, j'avais prêté serment de secourir, pas de dénoncer.

Ainsi donc, Alix avait dit vrai. Simon en avait la nausée. Il reprit:

— Vous l'aviez reconnu dans les journaux quand il a commencé à être célèbre?

— Non, pas vraiment. Ce soir-là, le blessé avait une sorte de cagoule sur la figure. Ils étaient très jeunes, vous savez. Et depuis une quinzaine d'années, ma vue baisse terriblement, suite à une grave maladie du nerf optique. Entre nous, je ne me suis pas vraiment intéressé à lui, car la politique ne me passionne pas. Il serait devenu un grand scientifique, je ne dis pas, mais là… Je me souvenais d'un garçon sec et costaud aux cheveux coupés très courts, rien à voir avec l'homme mûr et replet dont la photo était placardée sur tous les murs de la ville.

— Ah, vous avez vu les affiches?

— Oui, tout de même, je vois encore quand c'est très grand. Mais je ne l'ai pas reconnu pour autant.

Simon fit signe à Mallaury. Celui-ci sortit de sa poche la photo des montagnards trouvée chez Bertin. Elle n'était pas de bonne qualité et les croix inscrites sur la plupart des visages rendaient sa lecture encore plus difficile. Le docteur Gaston la tenait d'une main et, de l'autre, il essayait d'ajuster ses lunettes à la bonne distance.

Alix tenta de voir le document par-dessus son épaule, mais Calame s'interposa. Elle regarda Simon qui lui fit un petit sourire: «Chacun son tour», semblait-il ironiser. Elle fit machine arrière, consciente que ce n'était pas ici qu'ils se chamailleraient pour une photo.

— Vous le reconnaissez, Docteur? s'impatienta Simon.

— Oui, maintenant que je retrouve son visage d'autrefois, je le reconnais. L'autre aussi, d'ailleurs.

— Les deux qui ne sont pas barrés sont ceux qui sont venus chez vous?

— Oui. J'ignore le nom de celui de droite, mais il accompagnait bien le blessé.

Simon sursauta. Pour être sûr de ne pas se tromper, il se leva et vint se placer dans le même axe que le docteur, face à la photo. Le cœur battant, il lui demanda de préciser.

— Mettez votre doigt sur celui que vous avez soigné, Docteur, encore une fois, s'il vous plaît.

Un peu agacé, le médecin pointa un doigt nerveux sur la photo: il désignait l'homme qui figurait à côté de Bertin!

39

Oui, c'était une bonne idée. Il n'était jamais parvenu à lui piquer la vedette. Il ferait tout péter à l'heure où le dernier hommage serait rendu à Bertin.

Son horloge fonctionnait à merveille, elle sonnait toujours en même temps que le carillon de la cathédrale. Il suffisait de tout régler pour que l'explosion ait lieu à 15h15, en plein sermon à Saint-Georges.

La Vieille-Ville se souviendrait de ce coup de canon. Tout partirait en fumée avec lui, toutes les preuves, il ne resterait plus rien. On croirait à un accident et on en ferait un martyr. Sa vengeance était accomplie, il pouvait partir.

40

Les policiers et Alix avaient dévalé l'escalier et rejoint leur voiture parquée non loin du *Café Papon*. Mallaury partit immédiatement vers le logement de Bertin : il était catégorique, il avait vu quelque part la même photo mais légendée cette fois, comme dans un journal. Il y trouverait le nom du suspect ! C'était leur seul moyen de remettre la main sur le blessé de 1957, sans qu'ils aient bien compris l'implication de Bertin dans l'histoire et encore moins la raison de son assassinat. Tout ce qui était devenu plus clair il y a quelques heures disparaissait à nouveau dans un drôle de brouillard.

Simon serrait fort les dents. Ses joues en devenaient carrées. Calame jouait avec une allumette. Alix, comme une petite fille prise en défaut, regardait par terre en triturant une de ses boucles rousses. Elle s'était fait avoir et joliment. « Paul », à l'heure actuelle, avait déjà dû disparaître comme il le lui avait annoncé et il avait certainement beaucoup ri en ouvrant *La Gazette* du jour. Sans compter qu'elle en prendrait plein la gueule de la part de ses collègues toujours enclins à tirer sur une ambulance quand ils le pouvaient.

— Alix, réfléchissez bien.

Simon était très calme. Pour la première fois, il lui parlait comme un grand frère, presque avec tendresse. La mine qu'elle arborait depuis qu'ils avaient quitté le docteur valait toutes les vengeances du monde, et ça lui suffisait. La petite s'était punie toute seule. Il n'avait ni le temps ni l'envie de lui mettre un peu plus le nez dans ses erreurs. Mais maintenant, il fallait à tout prix qu'il en sache plus. Et vite. La gamine lui fit presque de la peine, un sentiment qu'il détestait et qu'il ne voulait surtout pas ressentir pour une journaliste. Il faillit la prendre par l'épaule ! S'interdisant cette familiarité, il essaya de lui parler le plus gentiment possible.

— Vous vous êtes fait avoir, ma belle, mais ce n'est pas la fin du monde.

— Je pense que vous trouvez cela délicieux. Je me trompe ?

— J'avoue que le sort m'est favorable. Pour l'instant. Mais que vous ayez eu raison ou pas, nous n'avons pas avancé d'un poil, et un meurtrier se promène impunément, peut-être tout près de nous. Dites-moi d'où venaient vos infos.

Dans un sursaut de fierté, elle ne voulut pas lui répondre là, sur le bord du trottoir.

— Allons boire un café.

— D'accord, répondit Simon, à condition que vous restiez jusqu'au bout, cette fois.

Elle avait presque souri. Simon commencerait-il à l'apprivoiser? Cela lui fit un effet curieux. Ils entrèrent dans le café.

41

Depuis le matin, Gisèle Bertin était très nerveuse. L'infirmière avait donné à la vieille dame la dose maximum de calmants autorisée par le médecin. Rien n'y faisait. C'était comme ça depuis la visite de cet imbécile de policier!

Gisèle essayait tout le temps de se lever, elle qui ne marchait plus depuis des mois. Elle faisait mine de regarder sa montre, alors que son poignet portait depuis belle lurette des perfusions diverses en guise de bijoux. Elle oscillait entre le délire et des attitudes très lucides. Une situation qui devenait quasiment intenable pour l'infirmière qui, pourtant, en avait vu d'autres et depuis longtemps.

Elle sortit le lit de la chambre et entreprit de promener sa malade dans les couloirs, espérant la bercer ou tout au moins lui changer les idées. Soudain, Gisèle Bertin se souleva sur sa couche et tendit le bras vers le mur. Là, une publicité pour un produit à tartiner montrait un garçon souriant et affamé qui brandissait un grand couteau.

La malade cria et manqua tomber de son lit, l'infirmière la retint juste à temps. Dans les bras de sa fidèle soignante, Gisèle parvint juste à articuler : « Pauvre Paul, pauvre Paul ! », puis elle perdit connaissance.

Quelques minutes plus tard, alors que des collègues étaient venus l'aider et que madame Bertin reposait tranquillement dans sa chambre, l'infirmière se rendit au bureau et empoigna le téléphone.

— J'aimerais parler au commissaire Simon, s'il vous plaît. Il n'est pas là ? Dites-lui qu'il doit rappeler l'infirmière de madame Bertin, à Vessy. Je crois que ça l'intéressera.

42

Dans l'appartement de la rue des Granges, la poussière prenait ses aises. Olga n'était plus qu'un vieux souvenir. Mallaury resta d'abord de longues minutes dans le grand hall, bras croisés, un de ses pouces frottant le bout de son nez. Puis, il passa lentement dans chaque chambre. Il avait vu un cadre contenant la même photo, il n'avait pas rêvé !

Le parquet grinçait, chaque seuil y allait de sa propre musique. La grande chambre jouxtant le petit salon devait être celle de Bertin. Elle disposait de sa propre salle de bains et d'un dressing room dans le couloir qui conduisait au grand hall. Une sorte de studio indépendant au cœur du logement. Le papier-peint datait. Les grandes fleurs dessinées sur les murs avaient tant pâli que l'on en reconnaissait à peine le motif. Gisèle Bertin avait dormi là pendant de longues années avant que son fils ne décide qu'elle serait beaucoup mieux à la maison de retraite de Vessy. Ce qui n'était pas faux, car la malheureuse avait besoin de soins constants. Mais Mallaury ne pouvait s'empêcher de penser que Bertin s'était délibérément débarrassé de sa mère. Plongé dans ses pensées, le policer arpentait la pièce. Il s'arrêta brusquement.

C'était là ! Mais bien sûr ! Au milieu d'une vingtaine de cadres opaques de poussière et remplis de photos jaunies, se trouvait un article de journal mis sous verre avec précaution.

Les Petits Marcheurs ont gravi le Salève en un temps record ! disait le titre. Mallaury s'empara du cadre qu'il démonta afin d'obtenir l'article en pleine lumière. Le journaliste relatait l'exploit d'un club de sportifs qui avait disparu aujourd'hui, car Mallaury n'avait pas souvenir d'en avoir entendu parler. Peut-être étaient-ils, à l'époque, les concurrents des Amis montagnards ? En tout cas, Bertin en avait fait partie, puisqu'il figurait sur la photo.

Ces beaux garçons, en pleine forme, sont des habitués de la montagne savoyarde que les Genevois se sont appropriée depuis longtemps, expliquait-il au milieu d'un grand blabla sur les valeurs éternelles de la jeunesse sportive. Sur l'image, les huit garçons semblaient plus que fiers de leurs prouesses.

La légende était prise dans un pli du papier. Mallaury s'appliqua à détendre le morceau de journal. Ensuite, il compta avec un doigt les têtes de gauche à droite pour pouvoir mettre un nom sur les visages. Le quatrième depuis la gauche était bien Georges Bertin. Quant au troisième, le nom qu'il découvrit ne lui disait rien.

Depuis la cuisine, Mallaury appela le patron.

43

Au *Café Papon*, la serveuse reconnaissait maintenant le commissaire Simon qui était venu plus souvent en une semaine que depuis l'ouverture de l'établissement. Elle comprit qu'il lui fallait un coin calme et les installa, Alix et lui, à la grande table du fond souvent réservée aux conférences de presse ou aux rencontres politiques. L'endroit, juste sous un escalier, était séparé du restaurant par une légère paroi en bois.

En passant la commande, Simon entrevit le secrétaire général du Département de l'Intérieur qui se levait et retournait à son travail. Avec plusieurs collègues, il préparait le discours qui serait prononcé lors de la prestation de serment des nouveaux Conseillers d'État, le 4 décembre à la cathédrale. Ce discours dit «de Saint-Pierre» constituait le programme politique du gouvernement pour les quatre ans à venir.

Le secrétaire général connaissait bien Simon. Lui qui était pourtant rompu aux traditions de l'État depuis de longues années confia au policier que sa tâche, cette année, était bien plus difficile qu'à l'accoutumée. Les six Conseillers étaient déjà surnommés «les survivants» dans les couloirs de l'administration.

— Vous imaginez si on est mal partis!, ajouta-t-il avec une fausse grimace de dépit. Surtout qu'on avait l'intention de démarrer en parlant de sécurité dans notre ville! Ils vont tous éclater de rire si on ne change pas tout notre propos. C'est quand même très embêtant.

Le haut fonctionnaire, vieux routinier des arcanes politiques genevoises, goûtait volontiers un humour un peu caustique. Mais l'homme, toutefois respectueux des institutions et fidèle depuis longtemps au pouvoir auquel il s'était dévoué corps et âme, semblait accablé par les événements.

— Que va-t-il se passer? demanda Simon, anticipant la question qu'Alix brûlait de poser.

— Les six vont prêter serment, et on va organiser immédiatement des élections complémentaires. Mais il faut respecter les délais de dépôt des listes, on ne peut pas décider comme ça de passer au vote le week-end prochain. On aura peut-être le temps de voter avant Noël.

— La place de Bertin restera vacante, alors?

— Ma foi, oui. Ils lui attribueront un dicastère dont personne ne veut, il ne sera pas là pour refuser! Surtout qu'il y a fort à parier que la gauche passera quelqu'un ce coup-ci. On ne va donc pas lui laisser le plus joli morceau du gâteau!

— De toute façon, chacun sait qu'un département peut très bien tourner sans président, car nous avons des secrétaires généraux capables de jouer les patrons, susurra Simon en souriant.

Ce ton de salon avait surpris Alix. Elle ne pensait pas le policier capable d'une telle flagornerie. Mais il en fallait plus pour bluffer le haut fonctionnaire. Il connaissait Simon depuis assez longtemps pour savoir que cela tenait plus de la plaisanterie que de la flatterie idiote. Sans plus de commentaires et avec un grand sourire, il prit congé du commissaire en lui tapotant l'épaule et adressa un petit geste aimable à Alix.

Simon regarda sa montre. La cérémonie pour Bertin avait lieu dans une heure à Saint-Georges. Il allait y croiser tout le monde et n'aurait rien de nouveau à leur dire. Cette pensée raviva sa colère à l'encontre d'Alix qui se gardait bien de parler depuis qu'ils étaient à nouveau seuls.

Il était plus âgé, c'était à lui de prendre les devants et d'être plus raisonnable. C'est ce que Mone aurait dit. D'ailleurs, elle le lui avait dit hier soir quand, à cent lieues de se douter de ce qu'il y aurait dans le journal de ce matin, il lui avait parlé d'Alix et de son fichu caractère.

— Écoutez, Alix, nous ferions mieux de tout reprendre à zéro. Nous sommes aussi têtus l'un que l'autre et nous nous plantons jusqu'ici de la même manière. J'avoue que je n'aime pas faire équipe, et encore moins avec une journaliste. Mais sans faire cause commune, on peut collaborer… Vous m'écoutez?

Alix s'évertuait à avaler la dernière goutte de son café en mettant la tasse à la verticale au-dessus de sa bouche. Comme une enfant. Elle reposa la tasse et s'essuya le menton avec la main. Elle jouait la désinvolture, mais Simon avait très bien vu des rougeurs autour de ses yeux. Il ignorait à quel moment de la matinée, mais elle avait pleuré. Sûr. Et de rage, c'était évident.

— Oui, je vous écoute. Ça fait mal de gober n'importe quoi et surtout de l'écrire. Je n'aime pas être ridicule.

— Moi non plus, mais vous avez déjà bien commencé le boulot, il faut l'avouer. Alors justement, il vaudrait mieux pour nous deux qu'on rattrape le coup.

— Oh, voilà le joli policier qui vole au secours de la petite conne de journaliste !

— Arrêtez ! Si vous voulez vraiment que je vous prenne pour une conne, je peux le faire. Ça ne me posera aucun problème. Votre attitude depuis le début de cette affaire me pousse à ça. Mais je sais que vous valez mieux. Même si je ne vous l'ai pas toujours dit. J'ignore pour quelle raison vous êtes aussi butée, aussi peu sympathique, mais je peux vous dire que vous auriez tout à gagner en étant plus aimable !

— Et je gagnerais quoi ? Des tuyaux ? Vous pouvez vous les garder, je m'en fous !

— Vous gagneriez une chose, en tout cas ! Vous pourriez presque être jolie, et ce serait déjà pas mal !

Simon jeta un billet de dix francs sur la table, se leva et sortit. Alix resta immobile quelques instants. Le coup avait porté. Elle n'encaissait pas très bien. Simon n'avait pas été discret, tout le bistrot la regardait.

— Quand ils disent ça, c'est qu'on a déjà commencé à leur plaire..., marmonna la serveuse en débarrassant la table.

— Il a raison, répondit Alix en mettant sa veste. Je suis la dernière des gourdes.

Quand elle arriva sur le trottoir, Simon était assis dans la voiture, la portière ouverte. Calame était aussi revenu et devait se douter que tout n'allait pas très bien entre Simon et Alix, car il n'avait posé aucune question jusqu'ici. Chacun attendait en silence le retour de Mallaury pour partir au cimetière.

Enfin, le portable de Simon sonna dans la voiture. Il répondit immédiatement. Il était 14h30.

Après quelques mots échangés avec Mallaury, le commissaire reporta ses yeux sur Alix. Avançant le menton vers elle pour qu'elle se sente interpellée, il répéta ce que Mallaury était en train de lui dire :

— Paul d'Entremont, ça vous dit quelque chose?

Elle comprit tout, en une fraction de seconde.

— Rue Saint-Léger, répondit-elle tout simplement.

Ils montèrent tous les trois dans la voiture qui démarra immédiatement.

44

C'était l'affaire de quelques centaines de mètres à vol d'oiseau, mais avec la voiture, il fallait faire le tour. Descendre la Treille, remonter la rue de la Croix-Rouge et se glisser dans les toutes petites rues de la Vieille-Ville.

Alix eut le temps de tout raconter. Paul d'Entremont avait une imagination débordante. Quand il avait parlé à Alix, la première fois, elle ne s'était vraiment doutée de rien. Souvent, dans sa carrière, des informateurs avaient fait appel à sa discrétion, et elle avait toujours respecté ses promesses. Combien lui avaient confié de grands secrets qu'elle n'avait jamais révélés? La journaliste n'avait-elle pas un rôle de confidente auprès de bien des témoins? Pour elle, cette rencontre au *Café du Moulin-Rouge* n'avait été rien d'autre. Et voilà que c'était lui, le blessé, lui, l'homme à venger ! Quel rôle Bertin avait-il réellement joué dans toute cette histoire ?

Au milieu de son récit, Alix réalisa que le message laissé le lundi matin par Paul à la rédaction lui était parvenu avant que la presse n'ait été informée. Pas une dépêche d'agence, pas un flash à la radio. À cette heure-là, on n'avait encore rien diffusé. Seul un témoin du crime ou le meurtrier lui-même pouvait être au courant de ce qui s'était passé. Qu'elle était sotte de n'avoir pas fait ce calcul plus tôt !

Ils le savaient maintenant, le blessé de 1957 était d'Entremont. Mais était-ce lui qui avait tué Bertin, son meilleur ami ? Avait-il surpris l'assassin ? Quel rapport y avait-il entre les deux événements ?

Les deux policiers et la jeune femme ne se doutaient pas qu'à la minute même, un système d'allumage était branché sur une bonbonne de butane, à quelques centaines de mètres de là, menaçant de faire sauter plusieurs immeubles de la Vieille-Ville.

45

Calame parqua la voiture à cheval sur le trottoir, juste devant le Consulat. Pendant le trajet, l'alerte avait été donnée, et une équipe du Groupe d'Intervention n'était pas loin. Une partie des hommes en poste au Palais de Justice depuis le matin pour la surveillance d'un procès avaient été séparée en deux groupes. D'autres policiers arriveraient bientôt, toutes spécialités confondues. S'il fallait faire intervenir les tireurs d'élite, leur position pourrait être prise sans problème depuis le début de la rue de l'Hôtel-de-Ville. Avec la pente, les agents se trouvaient quasiment à la hauteur des fenêtres de d'Entremont.

Pour le moment, la plus grande discrétion était de mise. On ignorait si le suspect était chez lui, et il s'agissait de le surprendre. Alix demanda à monter. Simon le lui interdit. Elle lui prit le poignet, qu'elle serra très fort et le regarda dans les yeux. «J'ai fait assez de bêtises, donnez-moi une chance de me racheter. Il ne se méfiera pas de moi.» Bien qu'un tel procédé soit totalement contraire aux habitudes de Simon et de la police genevoise en général, et tout en étant conscient des risques qu'il prenait, le commissaire finit par accepter.

Il suivit Alix dans l'allée. Calame et Mallaury leur emboîtèrent le pas, arme au poing. L'enquête psychologique était terminée, il allait falloir agir. Un homme comme d'Entremont, qui avait eu l'audace de tuer quelqu'un sur la Treille en pleine nuit, pouvait avoir n'importe quel réflexe. Les marches menaçaient de grincer à chaque pas. Ils mirent de longues minutes avant d'atteindre le troisième étage. Alix reprit son souffle avant de frapper à la porte. La première fois, il n'y eut pas de réponse. La deuxième fois, quelques bruits se firent entendre.

La troisième tentative fut la bonne. Les policiers s'étaient heureusement cachés comme ils le pouvaient dans les renfoncements qu'offraient les vieux murs de l'immeuble. La porte s'entrouvrit, et Alix ne vit presque que le nez de Paul d'Entremont dans l'entrebâillement. Ses cheveux étaient en bataille, son teint défait. La voix confirma l'état second de l'homme. Alix eut un flash: c'était l'homme qui l'avait fixée un jour devant le Palais de Justice ! Bien sûr ! C'était donc Paul d'Entremont qu'elle avait croisé ce jour-là, sans le reconnaître tant il était différent !

— Qu'est-ce que vous voulez encore ? aboya-t-il.

— Bonjour, Monsieur d'Entremont, je suis navrée de vous déranger, mais j'aurais encore besoin de vous...

— Foutez-moi le camp !

— Je ne comprends pas, n'ai-je pas été correcte avec vous ? Je vous ai cru et je vous ai couvert, je n'ai rien dit à la police.

Il eut un rire étrange.

— C'est bien, mon petit. Elle sera là bientôt, la police.

— Que voulez-vous dire ?

— Que la police va bientôt arriver ici, mais que je ne serai plus là.

La voix de l'homme s'éclaircissait de plus en plus et en devenait presque comique. Comme une marionnette qui aurait annoncé : « Attention, les petits enfants, le gendarme va arriver ! »

— Je ne vous suis pas, dit Alix en tentant de ne pas laisser percer son angoisse. (Elle tremblait pourtant de la tête aux pieds.)

Calame aurait voulu s'éloigner, pouvoir avertir les autres, dehors, que quelque chose de spécial se préparait. Il ne savait pas exactement quoi, mais c'était un sale truc. À plat ventre sur les dernières marches d'escalier, il se disait qu'ils ne parviendraient jamais à partir à quatre en courant au cas où, et que le patron avait perdu la tête en laissant cette gamine participer à l'expédition. Paul d'Entremont bougeait la tête très légèrement de haut en bas.

— Vous ne voulez pas essayer de m'expliquer? demanda Alix, comme une jardinière d'enfant se penchant sur un petit qui s'est fait mal.

— Vous n'avez jamais rien dit, c'est vrai?

— Promis, Monsieur d'Entremont. Personne ne sait rien.

— Alors, vous n'allez pas bouger et je vais vous dire ce qui s'est passé réellement. Mais vous ne bougez pas! Je serai bref. De toute façon, il ne me reste pas beaucoup de temps. L'enterrement est prévu à 15h15.

— Je ne comprends pas…

— Taisez-vous, ce n'est pas cela qui est important!

— Je vous écoute.

— Georges Bertin était mon meilleur ami. Depuis l'enfance, nous ne nous quittions pas. Je l'aimais comme un frère, il me le rendait bien. Mais vers l'adolescence, nous avons commencé à être en désaccord. Seul le sport nous rapprochait encore. Nous avions cessé de nous voir. J'avais alors la conviction qu'il fallait rénover notre pays, lui insuffler du sang neuf, bref, nettoyer notre territoire de tout ce qui n'était pas suisse. Taisez-vous ! (Alix avait fait mine de poser une question.) Je me suis engagé dans des groupes avec lesquels je prenais plaisir à casser de l'étranger à la première occasion. C'est moi qui ai entraîné mes copains dans la Vieille-Ville pour taper sur Sammy. J'étais au courant de son amitié avec Georges et je ne supportais pas qu'il m'ait préféré ce musicien nègre. Je ne pouvais pas comprendre cette non-violence que Georges prônait, je n'admettais pas qu'il ne soit pas comme moi.

« Nous étions devant le *Café des Antiquaires*. Comme prévu, Sammy est sorti. Nous l'avons coincé. Il était trop tard quand j'ai réalisé que Georges l'accompagnait. Je n'avais pas pensé à ça. Je n'ai pas eu le temps de retenir les autres. Dans la bagarre, plusieurs garçons ont été légèrement blessés. Ils se sont enfuis. Je ne sais pas encore comment le couteau est arrivé dans les mains de Bertin, qui s'est mis à frapper à l'aveugle. Et le coup fatal est tombé sur moi.

« J'avais très mal. Sammy était légèrement atteint, lui aussi. Il est rentré chez lui sur le conseil de Georges qui s'est penché sur moi, horrifié par son geste de violence. Il était bouleversé et a voulu me faire soigner. J'ai refusé l'hôpital, je savais très bien que je risquais la prison pour nos différents commandos racistes. Alors, nous nous sommes rendus chez le docteur Gaston, à deux pas de là. Ce médecin était déjà vieux et facile à intimider. Une fois seul avec lui, il m'a dit que je ne serais plus jamais un homme. J'ai cru crever de rage. À cet instant précis, j'ai décidé de tuer celui que j'avais tant aimé. J'ai donné son nom au toubib, pour commencer. J'y mettrais le temps qu'il faudra, mais je l'aurais… Et je l'ai eu. Il m'a fallu trente-deux ans. Vous n'avez pas encore vécu si longtemps, vous ne pouvez pas savoir comme c'est long. Je n'ai plus jamais touché une femme pendant que lui, impunément, sautait tout ce qui passait. »

Il fondit en larmes et s'accroupit contre le chambranle de la porte.

— Pourquoi avoir attendu les élections ? demanda Alix d'un air compréhensif.

— Je voulais qu'il crève en pleine gloire, pour qu'il n'ait jamais ce qu'il avait tant voulu.

— Vous ne vous étiez plus vus depuis 1957 ?

— Il a essayé mille fois de me relancer. Mille fois, je l'ai menacé de le salir, de tout raconter. Une bagarre au couteau, ça aurait fait moche pour un Conseiller d'État ! La dernière fois, il y a trois ou quatre semaines, il a fini par me menacer de me faire interner une fois qu'il serait élu.

— Monsieur d'Entremont, laissez-moi entrer. Vous avez besoin d'aide.

Il éclata de rire. La phase de lucidité avait à nouveau fait place à la folie. Sa voix hystérique emplit toute l'allée de l'immeuble.

— D'aide? Non, c'est fini pour moi. Bertin est mort, moi aussi. Nos destins ont toujours été liés. Dans une demi-heure, on va le mettre en terre et moi, je vais partir en poussière. Tu retourneras à la poussière... C'est ce qu'on dit, n'est-ce pas à ce moment-là? Non?

— Monsieur d'Entremont...

— Allez, mon petit. Je vais vous faire une dernière faveur. Ce n'est pas la peine que vous creviez avec moi. Il faut que vous partiez, tout va péter dans quelques minutes.

Comment savoir si ce mythomane avait réellement l'idée de se tuer? Qu'avait-il préparé? Calame n'y tenait plus. Étant le premier dans l'escalier, il devait agir. Il essaya de se laisser glisser vers le bas, mais dans un tel silence, tout résonne. Son genou émit un craquement lugubre.

Paul d'Entremont ouvrit la porte en grand à la recherche du bruit. À partir de là, tout se passa très vite.

Alix fut enlacée par Simon qui la fit passer derrière lui. Mallaury avait déjà une main sur le visage de d'Entremont et le repoussait dans le studio, son revolver dans l'autre main. Simon suivit. Violemment projeté en arrière,

Paul s'assit sur une colline de papiers divers entassés au centre de la pièce.

Il se releva, recula vers la fenêtre.

— Non! Non! supplia-t-il.

Calame entra à son tour suivi par Alix, terrorisée mais trop curieuse pour rester cachée. En un clin d'œil, ils virent tous la montagne de papier, le jerrycan, les trois bonbonnes de gaz et les médicaments étrangement alignés sur une planche comme pour une cérémonie. Alix remarqua aussi un portrait de Bertin encore accroché au mur et dans lequel étaient restées fichées une série de fléchettes. La journaliste se souvint d'avoir entrevu cette image lors de sa première visite ici. Mais sa vision avait été si furtive qu'elle ne s'était pas vraiment imprimée dans sa mémoire. À voir Bertin servir ainsi de cible, elle aurait peut-être réagi plus tôt...

Tous avancèrent. Paul d'Entremont n'était plus qu'une ombre. Transparent, transpirant, il faisait des gestes totalement désordonnés, comme si un monstre arrivait sur lui. Il fixait Alix avec une sorte de question naïve dans les yeux. Elle comprit qu'il l'accusait de l'avoir trahi.

Il les regarda tous avant de reculer encore.

Une fois de trop.

À 14h55, il s'écrasa sur l'asphalte de la rue Saint-Léger.

Du même auteur

<u>Histoire policière et judiciaire</u>

Meurtres à Genève, Histoires vraies, Slatkine (Genève, Suisse), 1990

La Secrète a 100 ans, Editions Nemo (Genève, Suisse), 1993

Dominique Poncet ou la noblesse de défendre, Slatkine (Genève, Suisse), 2006

<u>Romans policiers</u>

Le Pendu de la Treille, 1997 (Réédition pour le Québec, La Collection du Chien Jaune, 2016)

Café-Crime à Champel, 1998

Fric en vrac à Carouge, 1999

Casting aux Grottes, 2000

Les Eaux-Vives en trompe l'œil, 2002

Les Degrés-de-Poules, 2003

Bain fatal aux Pâquis, 2005

Les larmes de Saint-Gervais, 2006

Maudit Foot! Slatkine (Genève, Suisse), 2008

Zoom sur Plainpalais, 2011

Aussi noire que d'encre, Slatkine (Genève, Suisse), 2013

L'Ombre de l'Aigle, Slatkine (Genève, Suisse), 2014

<u>Nouvelles policières</u>

Participation au recueil «TatortSchweiz 2», Editions Limmat Verlag (Zurich, CH), 2007

Genève Sang Dessus Dessous (Nouvelles policières en collaboration avec S. Mamboury, A. Klopmann, E. Golay et L. Jorand), Slatkine (Genève, Suisse), 2014

<u>Ouvrages pour la Jeunesse</u>

Monsieur Chose et le collectionneur de mots, Slatkine (Genève, Suisse), 2005

Monsieur Chose et la flamme olympique, Slatkine (Genève, Suisse), 2007

Monsieur Chose contre Big Ben, Slatkine (Genève, Suisse), 2009

Monsieur Chose au pays des astronautes, Slatkine (Genève, Suisse), 2012

Monsieur Chose et la Marmite de l'Escalade, Slatkine (Genève, Suisse), 2013

L'Etrange Varappe, Slatkine (Genève, Suisse), 2015